신곡

지옥

THE DIVINE COMEDY first published by Alma Classic Ltd in 2012
Translation, note and extra material © J. G. Nichols, 2012
Korean translation copyright © 2021 Makingbooks

이 책의 한국어판 저작권은 저작권사와 독점 계약한 메이킹북스에 있습니다.
저작권법에 의해 한국 내에서 보호를 받는 저작물이므로 무단 복제 및 무단 전재를 금합니다.

신곡 지옥

초판 1쇄 발행 2021년 12월 30일

지은이 알리기에리 단테
영역 J.G 니콜스
삽화 보티첼리
옮긴이 진영선
펴낸이 장현수
펴낸곳 메이킹북스
출판등록 제 2019-000010호

디자인 장지연
편집 장지연
교정 안지은
마케팅 김예지

주소 서울특별시 구로구 경인로 661, 핀포인트타워 912-914호
전화 02-2135-5086
팩스 02-2135-5087
이메일 making_books@naver.com
홈페이지 www.makingbooks.co.kr

ISBN 979-11-6791-073-8
ISBN 979-11-6791-072-1(세트)
값 12,000원

ⓒ 메이킹북스 2021 Printed in Korea

잘못된 책은 구입하신 곳에서 바꾸어 드립니다.
이 책의 전부 또는 일부 내용을 재사용하려면 사전에 저작권자와 펴낸곳의 동의를 받아야 합니다.

홈페이지 바로가기

메이킹북스는 저자님의 소중한 투고 원고를 기다립니다.
출간에 대한 관심이 있으신 분은 making_books@naver.com로 보내 주세요.

신곡

지옥

알리기에리 단테 저
J.G 니콜스 역
보티첼리 그림

진영선 옮김

메이킹북스

차례

*상부 지옥

1곡 암흑의 미로 · 9
2곡 지옥 안내자 · 21
3곡 지옥 진입(선과 악의 중간 죄) · 32
4곡 제1지옥 림보 · 42

*중부 지옥

5곡 제2지옥 정욕 죄 · 55
6곡 제3지옥 탐식 죄 · 67
7곡 제4, 5지옥 탐욕과 분노 죄 · 76
8곡 제6지옥 이단의 죄 1 · 87
9곡 제6지옥 이단의 죄 2 · 97
10곡 제6지옥 이단의 죄 3 · 108
11곡 제7지옥 폭력 죄 · 120
12곡 제7지옥 1 대량 학살의 죄 · 130
13곡 제7지옥 2 자살의 죄 · 141
14곡 제7지옥 3 신성 모독의 죄 · 153
15곡 제7지옥 4 동성애의 죄 · 164
16곡 제7지옥 5 사채업의 죄 · 175

17곡 제8지옥 사기죄 ·187

18곡 제8지옥 1과 2 매음과 아첨 죄 ·199

19곡 제8지옥 3 성직 매매 죄 ·211

20곡 제8지옥 4 점술 죄 ·223

21곡 제8지옥 5 관직 매매 죄 ·233

22곡 제8지옥 5 뇌물 수여 죄 ·244

23곡 제8지옥 6 위선 죄 ·255

24곡 제8지옥 7 도둑질한 죄 1 ·267

25곡 제8지옥 7 도둑질한 죄 2 ·278

26곡 제8지옥 8 권모술수 죄 1 ·290

27곡 제8지옥 8 권모술수 죄 2 ·301

28곡 제8지옥 9 중상모략 죄 ·313

29곡 제8지옥 10 위조 죄 ·324

30곡 제8지옥 10 기만 죄 ·336

* 하부 지옥 ─────────────────

31곡 제9지옥 배신 죄 ·347

32곡 제9지옥 1 혈연 배신 죄, 2 조국 배신 죄 ·358

33곡 제9지옥 3 친지 배신 죄 ·369

34곡 제9지옥 4 스승 배신 죄 ·382

일러두기

1. 이 책은 단테의 『신곡』을 영국의 이탈리아 문학가 J.G. 니콜스 Nichols가 2012년 영역 출간한 책을 우리말로 옮겼다. 지옥, 연옥, 천국, 세 권이다. 이를 옮길 때 크게 참고한 단테의 『신곡』 영역 책들은 다음과 같다. 알렌 만델바움의 『신곡』, C.H. 시손의 『신곡』, 덜링과 마르테네즈의 지옥, 연옥이다.

J.G. Nichols, The Divine Comedy, Alma Classics in 2012.
Allen Mandelbaum, The Divine Comedy, Bnatam in1982.
C.H. Sisson, The Divine Domedy, Oxford Univ. Press in 1980.
Robert M. Durling & Ronald L. Martinez, The Divine Comedy; Vol. 1 Inferno & Vol. 2 Purgatorio, Oxford Univ. Press in 1996 and 2003.

2. 본문의 주는 니콜스에게 의지하면서 옮긴이 의견에 따랐다.
3. 외국어 한글 표기는 가능한, 이탈리아 현지 발음에 따랐다.

1곡

상부 지옥 '암흑의 미로'

　35세의 단테가 한밤중 암흑의 숲에서 자신 발견. 어둔 숲의 미로를 밤새 방황, 먼 앞산 정상의 빛나는 햇살에 안도. 그쪽 방향으로 향하다 표범, 사자, 암늑대에 기겁. 다시 죽음, 절망, 공포의 미로로 뒷걸음. 그 순간 한 혼의 모습이 보여서 절박한 구원 요청. 그 혼은 자신을 죽은 시인 버질의 혼이라고 밝히며 길을 안내한다고 자청. 그 길은 죽어서 저주받은 혼들이 사는 지옥과 연옥을 통해야만 그 산에 닿는 길이라고. 이에 기꺼이 버질의 안내에 따른다고 단테가 응답.

생명의 끝을 가는 우리 여행 중간쯤
캄캄한 숲에서 헤매는 자신을 발견했는데
아무 데서도 올바른 길을 찾지 못해서다.

그 공포를 표현하긴 얼마나 힘든가.
그 거친 숲이 그리도 난감하게 울울했는가를!
이를 떠올리는 것조차 두려움에 새삼스럽다.

쓰디쓴 죽음 그보다도 훨씬 더하다.
그러나 내가 발견한 선한 걸 옮기려면
거기서 내가 본 모든 걸 말해야만 한다.

어떻게 그 안으로 갔는가는 말할 수 없으니　　　　　　10
그리도 무거운 잠에 빠졌던 바로 그 순간
나는 흐트러져 갔으리라.

거기 그 가파른 언덕 아래 왔을 때
긴 골짜기 먼 끝에 솟아난 거긴
심장이 멎을 만큼 그렇게 두려운 데서

눈을 들고 높은 델 보니 벌써
행성들의 빛들로 덮여 항상 모든 사람을
바르게 안내해 인도하는 빛이[1] 보였다.

그러자 온 밤을 그런 공포의 압박으로
지새웠음에도 압도당한 마음의 두려움이　　　　　　20

1　단테 시대 천동설은 지구를 중심으로 온 하늘 우주가 돌아간다는 초기 과학 이론. 검은 숲과 아늑한 햇빛은 악과 선의 대조. 선한 빛인 하나님 믿음의 삶과 악하고 어두운 믿음 없는 세상 삶의 대비.

다소 줄어듦을 느꼈다.

누군가 숨을 고르는 사람처럼
바다에서 떠올라 안전한 해안에 이르러
빠져 죽을 뻔했던 그 장소를 뒤돌아보듯

꼭 그런 마음으로 여전히 도망을 치듯
지난 길을 다시 보려고 돌아서 한 사람도
산 채로는 절대 떠날 수 없는 거길 봤다.

잠시 쉬고 나서
황폐한 언덕길을 가로지르려고
내 발을 낮고 단호하게 디디려 했다. 30

그런데 언덕이 솟아나기 시작한 바로 거기
얼룩 점박이 가죽에 온몸을 뒤덮은[1]
앞발을 가볍게 차는 표범 한 마리가 보인다!

놈이 움직이진 않으나 바로 내 앞에서

---

1 표범은 관능과 호색 상징. 이를 정욕 죄의 구현으로 택한 단테의 재능.

그렇게 나의 여행길을 가로막기에
도망치려고 주위를 돌아보았다.

그때까진 아침의 첫 시간이라
행성 안에서 떠오르는 해가 함께하는
별들이 여전히 불타는 게 보여

거룩한 사랑이 처음 활동하려는 때다.[1]   40
그런 좋은 이유로 용기를 느낀 내가
늘씬하고 화사한 색의 맹수 때문에

해와 날의 기쁨의 순간이 거기까지.
또 사자 한 마리가 그런 용기를 없애며
근처에서 다가와 경각심을 잃게 한다.

그놈이 가까이 오는 듯 보이는데
머리는 높이 들고 심한 굶주림에 성나서
공기조차 두려움에 떠는 듯하다.[2]

---

1 중세의 일반적인 믿음. 세상 창조가 이른 봄. 해가 황도 12궁에서 목양좌(백양궁)에 있을 때.
2 사자는 분노와 자만의 구현.

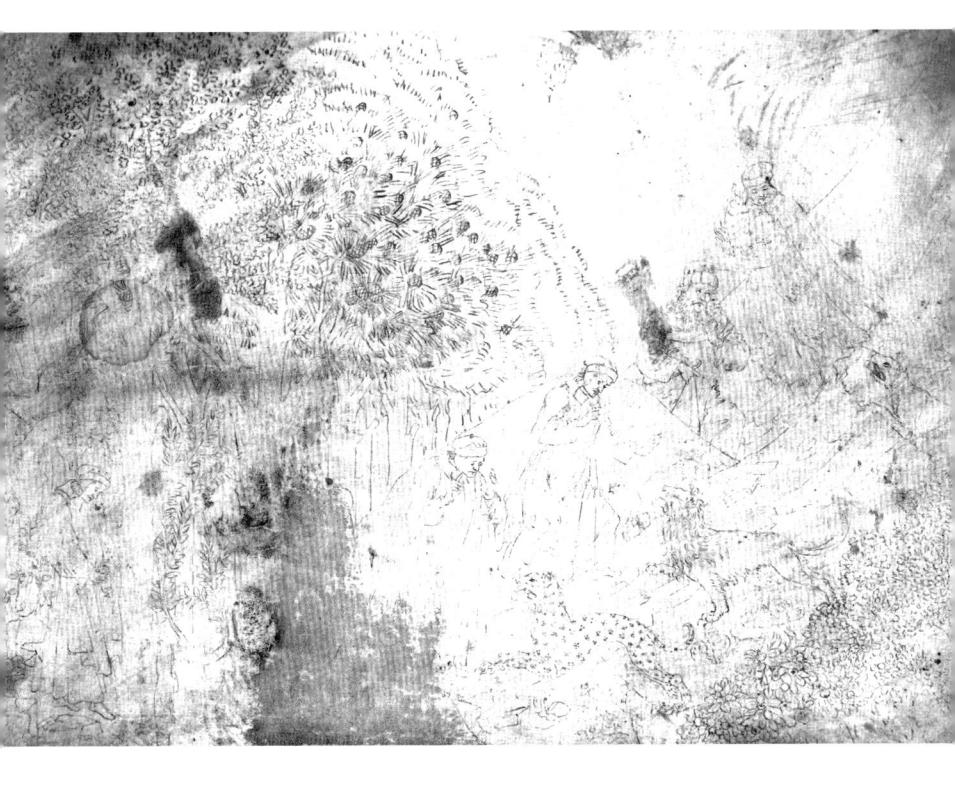

또 암늑대 한 마리가! 그렇게 말았음에도
간절한 굶주린 욕구가 가득해 터질 듯   50
많은 사람들 목숨을 고통에 이끈 암늑대.

그놈이 줄 고통이 너무 두려운 나머지[1]
그 시선에서 오는 그런 공포로
언덕을 오르려던 온 소망이 무너져 내렸다.

이익을 얻는 동안은 행복하다.
행운이 변하여 잃기 시작하면 그 비참에
자신을 포기하고 신음하는 수전노마냥

그 들뜬 야수들과 맞부딪친 내 모습
그것들이 가까이 올수록 한 걸음씩 되돌려
해가 없는 아래 그 아래로 되몰려간다.[2]   60

별안간 내가 아래로 미끄러지는 순간
바로 내 눈앞에 누군가 나타났는데

---

1 암늑대는 끝없는 탐욕, 폭력의 구현
2 앞뒤가 꽉 막힌 절체절명의 순간.

긴 침묵에 목이 잠긴 듯하고 창백해 보인다.[1]

거칠고 황량한 데서 그가 눈에 들어오자마자
"나를 동정해 주십시오."라고 그에게 외쳤다.
"당신이 사람이든 유령이든 그 무엇이든!"

그가 말하길 "사람은 아니다. 한때 그랬지만
나의 부모 모두 롬바르디아 출신.
고향이 둘 다 만투아.

줄리어스 시저보다 훨씬 먼저 나서 좀 늦은[2]   70
선한 아우구스투스 치하 로마에 살던[3] 현혹하는
거짓 신들이 그 나라에 판치던 때다.

나는 시인이라 그 선함을 노래했는데
트로이에서 빠져나온 안키세즈의 아들로
일리움의 모든 자부심이 다 불로 탔을 때다.[4]

---

1 혼으로, 오래전 죽은 자.
2 시저가 로마 통치할 때, 시저 알기를 늦은 건 시저가 암살당해서.
3 시저 다음의 로마 황제 아우구스투스.
4 시인 버질. 작품 『아에네이드』. 고대 로마 건국한 영웅 이야기.

왜 그 비참 속으로 너는 되돌아가려고 하느냐?
왜 그 기쁨의 산을 오르려고 하지 않느냐?
완전한 기쁨의 기원이자 근원인데."

"당신이 버질이라니, 샘물이자 시냇물인,
웅변으로 항상 넓은 강물을 이루는 그분인가요?" 80
존경심과 수줍음에 붉어진 내가 물었다.

"오, 모든 시인의 영광인 안내의 등불이여!
그 사랑과 열정에 내가 도움을 받아
밤낮으로 당신 책장을 넘겼습니다.

당신은 나의 유일한 스승이자 시인으로
그런 명예를 내가 받도록 한 형식을
취하게 하신 유일한 분입니다.

날 되돌려 도망치게 하는 짐승들을 보시니
오, 지혜의 유명한 샘이여, 구해 주십시오!
내 맥박이 두려움의 피로 떱니다." 90

"넌 지금 다른 길로 여행해야만 한다."
내가 우는 걸 보며 그가 답하길
"네가 이 거친 숲에서 피하고 싶다면

큰 소리로 널 울리는 맹수들은 사람들이
이 길을 따라 지나지 못하게 방해하고
심지어 그들의 피까지 먹을 거다.

암늑대는 천성이 악한지라
탐욕스런 입맛이 결코 채워지지 않아
먹을수록 굶주림이 점점 더 진해진다.

많은 짐승들이 그와 짝짓기를 하여[1] 점점   100
많아질 텐데 이를 고통스런 죽음에 데려갈
사냥개가 도착하기까지다.[2]

이 사냥개는 땅이나 금전을 먹지 않고
오직 지혜, 사랑, 용기를 먹으며

---
1 많은 사람들이 탐욕과 죄에 탐닉하고 있다.
2 구세주의 도래 비유.

그런 느낌이 깊이 드리운 데서 일어날 거다.[1]

그가 낮게 드리운 땅들의 구세주가 되리니
이탈리아에선 카밀라가 죽어서이고, 투르누스
네서스, 에우리야누스의 상처가 있어서다.[2]

이 사냥개는 높고 낮은 피조물들을 사냥하며
그들을 지옥에 밀어 넣을 텐데,   110
시기심이 처음에 자유로이 가게 한 때부터다.

내가 생각한 판단엔 이게 최선이니
나를 따르면 내가 인도하리니
항상 마지막일 그 지역까지다.

거기서 고대의 영들이 그들의 고통 속에
각각의 두 번째 죽음을 위해서 간청하는
절망과 비탄의 비명을 들을 거다.

불 속에서 행복해하는 영들도 보리니

---

1 검소한 기원의 암시, 피렌체일 수도 혹은 단테의 마지막 삶을 보살핀 라벤나일 수도.
2 「아에네이드」에 나오는 등장인물들.

그들에게 다가오리라는 소망으로 살기에
빠르건 늦건 축복받은 자들이 있는 데다. 120

네가 그 무리들과 같이 하길 바란다면 나보단
훨씬 가치 있는 사람이 위로 데려갈 거다.[1]
때가 되면 나는 너를 그녀에게 넘길 테다.

그곳에 그분 왕국을 가진 황제께서[2]
그의 도시로 나를 통하지 못하게 하시니
난 그분 법의 위반자이기 때문이다.[3]

모든 창조물을 다스리며 통치하는 거기에
그분의 수도와 높은 보좌를 갖고 계시다.
거기 가게 선택받은 자들은 행복하도다!"

내가 답하길 "당신께 청하는 게 그건데 130
당신이 결코 모르는 하나님께 그로써 내가
악에서 훨씬 더 나쁜 악에서 피할 테니까.

---

1 베아트리체.
2 지옥에서 하나님 이름은 암시할 뿐 그리스도라는 이름은 절대 부르지 않음.
3 기원전 인물, 그리스도를 모르나 작품이 초월의 신을 상징. 단테가 이를 칭송, 안내자로 등장시킴.

당신이 말한 그 양쪽 장소로 데려가 주십시오.
베드로가 지키는 문[1]을 지나 당신이
절망으로 슬퍼한다는 그런 혼들에게로."[2]

그래서 그가 출발하여 나는 뒤를 따랐다.

---

1 연옥의 문, 천사가 지키는 문.
2 지옥과 연옥에서 고통받는 혼들.

2곡

상부 지옥 '지옥 안내자'

단테는 죽은 혼들의 장소를 지나야만 한다는 여행 과정의 두려움과 버질이 안내자로 온 데서 생긴 의문점 발생. 현명한 버질이 필요 배경 설명. 베아트리체가 림보에 있는 버질에게 와서 단테를 구하라 간청하여 응했노라고. 하늘의 마리아부터 성녀들이 단테를 구하라고 급히 요청했다는 해명으로, 단테가 용기 배가해서 다시 출발.

해지는 황혼녘엔 우울함이 커져
지상의 피조물들이 모든 일의 노고와
근심에서 쉬는데 나만 홀로

그 압박을 견딜 준비를 하며
여행 결과로 생길 번민에서 절대로
틀리지 않을 기억을 되살리고자 하니

오, 뮤즈여, 나의 천재여! 부디 힘을 빌려주길!

오, 내가 본 걸 기록하는 기억이여!
여기다 그 능력을 한껏 발휘하길!

내 말하길 "나의 시인, 안내자, 당신이여!　　　　　　　10
강인함, 기술력이 내게 있나 당신이 험한
길에 나를 놓기 전 생각 좀 해주시오.

당신이 쓴 바엔 실비우스의 아비가[1] 타락한 때
그가 우리 세상에 아직 살아 있는 동안
높은 위에서 여행을 하게 시켰습니다.

모든 악한 것들의 적이 그에게 호의를
베푼 건 그가 누구인지 무엇 때문인지
마지막에 한 일이 무언지 알기에

틀림없이 감성의 사람들을 공정히 보고
최상의 하늘에서 그가 선택 받아서　　　　　　　　　20
위대한 로마 제국의 아비가 된 겁니다.

---

1 아이네아스, 『아에네이드』의 주인공. 그 시의 여섯 번째 책에 그가 지하 세계를 여행해서 미래의 로마 영광의 예언을 보장받았다는 내용 실려 있음.

로마 그 도시의 진실을 말하면서
베드로 후계자들이[1] 자리에 앉을
신성한 장소가 될 운명이라고.

당신이 이를 기술한 기이한 여행에서
그가 듣고 가져온 건 로마에서
그의 승리와 교황의 권력입니다.

이것이 선택 받은 그릇이 걸었던 길이고[2]
신앙을 강화하러 갔던 길이며 그에 더해서
구원을 위한 우리 여행의 시작점이기도 합니다.   30

난 왜 가야 합니까? 누구의 명령입니까?
나는 아이네이아스도 바울도 아닙니다.
내가 가치 있다고 아무도 생각하지 않을 겁니다.

그래서 내가 그 길을 간다고 하면
무모해질까 겁납니다. 당신은 현명하니

---

1 베드로의 후계자.
2 사도 바울. "선택 받은 그릇"은 행9:15. 바울 자신이 어떻게 "그가 천국에 들려갔는가를" 기술 (고후12:2-4).

이 말을 더 잘 아십니다."

뜻한 바가 무언지 모름을 잘 아는 사람이
그의 두 번째 생각에 마음이 바뀌어
첫 번 의도에선 완전히 벗어나듯이

내가 그렇게 침울한 경사면 위에서 40
이런 생각들로 모험 시간을 허비한 건
그만큼 출발하고 싶은 열망 또한 강해서다.

"내가 네 말을 옳게 들었다면"
마음이 고상한 그 사람의 혼이 답하기를
"너의 겁먹은 혼이 그저 놀랐을 뿐이다.

장애물을 만난 사람들이 흔히 두려워하며
영예로울 수 있는 그 노고에서 물러나듯이
해가 지면 그림자를 두려워하는 짐승 같구나.

그 두려움을 버리도록 내가 말하마.
왜 너에게 왔는지, 처음 널 보자마자 50

동정한 즉시 무얼 배웠는가도.

내가 갇혀 있는 혼들 사이에 있을 때[1]
밝은 축복의 한 숙녀가 나를 불렀기에
그녀에게 무슨 명령인가를 내가 청했다.

그녀의 두 눈은 별보다 더 밝게 빛나고
그녀의 혀가 아주 부드럽게 말하는데
천사 같은 목소리였다.

'오, 만투아의 정중한 혼이여!
당신의 영광이 세상에 여전히 널리 알려지고
세상이 그치기까지 견딜 겁니다.   60

비록 운명은 아니나 내 운명의 친구가
외로운 언덕 중턱에 그렇게 가로막혀
겁에 질려서 그의 길에서 떠밀려갑니다.

하늘에서 들은 바로 판단컨대 벌써

---

1 버질이 갇힌 림보는 성서에 없지만 단테가 당시를 상정. 깊은 은유. 교황 베네딕토가 림보가 성서에 없다고 공고.

그가 빗나갔을 수도 그를 구하긴 너무
늦었을 수도 내 아직 여기 있으니까요.

곧 좀 가주시오. 그의 도망을 위해 필요한
모든 도움은 당신의 이름난 웅변입니다.
그러면 안심하겠습니다.

당신에게 요청하는 난 베아트리체로서   70
내가 돌아가길 열망하는 데서 왔는데
사랑이 이를 강요해서 말하는 겁니다.

내가 한 번 더 내 주님 앞에 설 때엔
그분께 당신의 칭찬을 자주 읊겠습니다.'
그리고 그녀가 침묵하여 내가 말했다.

'오, 덕성 가득한 숙녀여! 누군가를 구하러
인간의 종족이 모든 걸 능가하는 달의
좁은 범주 아래의 내게로 오다니.[1]

---

1 단테의 시대는 달이 지구의 위성이 아닌 행성이라고 생각. 위의 모든 행성 궤도가 영원하고 달 아래 모두가 죽는다, 상정. 지하 세계 버질이나 천상의 베아트리체, 둘 다 죽은 걸 비유.

당신 명령이 너무 기뻐

벌써 복종을 했더라도 늦을 겁니다.   80

더는 당신 소원을 말할 필요 없습니다.

당신이 경멸 않은 이유를 먼저 말해주오.

넓은 우주에서 이 가운데까지 내려온[1]

당신 말대로 돌아가길 열망하는 그곳에서.'

'당신이 알기를 재촉하니 아주 짧게

설명하겠습니다.' 그녀가 답하길

'내가 내려오는 걸 두려워할 이유는 없습니다.

우리가 오로지 두려워해야 하는 일들이란

우리를 악하게 하려는 능력을 갖는 겁니다.

아무런 해가 없다면 아무것도 두렵지 않지요.   90

나는 하나님 은혜로 그런 모양으로 형성돼

당신들 불행에 아무런 해가 없습니다.

이 장소를 총괄하는 분노의 불조차 그러합니다.'

---

[1] '이 중심'은 지구, 천동설의 체계에선 우주 중심. '넓은 우주'란 최고의 하늘인 지고 천.

하늘의 한 숙녀[1]가 그런 위대한 동정심으로
나를 네게 보내는 그런 장애를 뚫고 왔으니
엄격한 판단은 위에서 주시는 거다.

그녀가 루시를 불렀고 루시는 베아트리체에게
'네게 충실했던 한 사람이 지금 네가 필요하니
그를 위해 너에게 보호를 명령한다.'

루시[2]가 모든 악의의 적인 데서 일어나   100
그 말을 하러 베아트리체가 앉은 데로 왔는데
덕망의 라헬과 같이 있는 데다.

'베아트리체, 하나님의 진정한 찬양인
네가 왜 그렇게 널 사랑했던 그를 돕지 않느냐,
너를 위해 그가 군중들에게 쫓겨났는데?

그가 궁지에 빠져 우는 울음을 들을 수 없느냐?
그가 죽음의 사투에 빠져 바다만큼 무서운
홍수 속에 있는 걸 볼 수 없느냐?'

---

1 처녀 마리아.
2 단테가 좋아한 성자. 그녀의 이름은 라틴어로 '룩스', 빛을 뜻함.

'세상에 일찍 그 누구도 그리 빨리 이득을
찾아 잃어버린 데서 도망친 자가 없는데   110
내가 바로 그리했소. 루시의 말을 듣자 곧장

축복받은 자들의 자리를 떠나 여기로 왔소. 내가
믿음을 둔 당신이 훌륭하고 정직한 말로서[1]
독자들에게 최고 영예의 분이기 때문입니다.'

그녀가 이런 말을 하며 눈길을 옆으로
돌리는데 양 눈에 빛나는 눈물이
그녀에게 열렬히 순종하게 만들었다.

그녀가 이를 요구해서 내가 온 거고
기쁨의 산 위로 가는 짧은 길을 막은
야만스런 야수들에게서 너를 구한 거다.   120

그런데 이게 뭐냐? 왜 주저하느냐?
왜 겁쟁이처럼 살려는 기미만 보이느냐?
왜 대담하고 기민하게 출발하지 못하느냐?

---

1 버질의 시, 『아에네이드』.

축복받은 세 숙녀들이 있지 않느냐?
결국은 하늘에서 너를 위한 심려의 말을 해서
나까지 잘 한단 약속을 하지 않았느냐?"

밤의 찬 공기가 닿은 작은 꽃송이들처럼
꼭 닫고 고개 숙였다 동이 트면 머리를 높이
들어 다시 한번 꽃잎들을 활짝 펼치듯이

꼭 그렇게 내가 오랜 녹초 끝에   130
그처럼 위대한 열정이 가슴에 밀려들어
두려움이 풀린 사람처럼 말을 했다.

"오, 무슨 측은지심이 나를 도우시는가!
당신은 얼마나 고귀한 분인가! 그녀가 진실한
그런 말을 할 때 얼마나 속히 순종했는가!

내 가슴에 그런 열망이 스며들게 한 당신과
같이 가는 건 모두 당신의 말 때문이니
지금 나는 처음 생각으로 돌아갑니다.

자, 갑시다. 우리는 전적으로 하나입니다
당신은 나의 지도자, 스승, 주인입니다." 140
이렇게 말하자 그가 떠나기 시작해

나도 그 거칠고 야만스런 길로 들어섰다.

3곡

상부 지옥 '지옥 진입'

단테가 지옥문의 글 읽고 심한 압박 느낌. 버질이 앞으로 볼 일들에 용기가 필요하다고 주의 줌. 지옥엔 빛도 침묵도 안식도 없다. 처음 보는 저주받은 혼들이 목적 없이 뜻 없는 깃발의 기수들을 따라 마냥 질주. 이들은 하나님을 모른 체하며 그저 선한 체 살다 죽은 혼들. 신을 향한 행동, 용기, 열정이 없는 인생. 천국 갈 만큼 선하지도, 지옥 갈 만큼 악하지도 못하단 풍자와 조롱. 그다음엔 지옥의 첫째 강인 아케런에 모이는 무수한 혼들을 본다. 악마 사공이 강 건너로 데려가며 저주. 배가 출발하자 지진과 천둥 번개에 겁이 잔뜩 난 단테 혼절.

"비탄의 도시로 나를 통해야만 가리.
영원한 고통으로도 나를 통해야 가리.
버려진 나라로도 나를 통해야 가리.

위에서 나를 지은 분이 정의의 영감으로
전능의 힘으로 나를 지으시어

최고의 지혜와 원초의 사랑이로다.

일찍이 나 이전에 창조된 아무도 없으나
영원한 것들은[1] 있고 난 그 마지막이리라.
너, 들어가는 자여, 희망을 다 버려라."

이런 게 바로 내가 본 구절들인데   10
침침하니 검은 문 위에 있기에
내가 묻길 "스승님, 꽤 어려운 뜻입니다."

속히 내 기분을 알아챈 그가
"여긴 모든 걱정을 뒤에 남겨야 하니까
너의 모든 겁도 죽음에 넘겨야만 한다.

우린 지금 내가 말한 지역에 왔는데
너는 슬픔에 잠긴 사람들을 볼 터이니
그들은 지적인 선을 다 잃은 자들이다."[2]

---

1 천사들은 하나님께서 처음 창조하신 피조물들인데, 그분께 반역해서 지옥에 떨어져 지옥을 영원히 관장한다는 의미.
2 지적인 선이란 하나님의 피조물로서의 생과 사에 관한 진실한 갈망을 성서에서 찾는다는 의미. 이를 잃은 자들은 하나님의 존재를 추구하지 않고 살다 죽게 된다는 염려와 근심.

그러면서 나에게 미소 지으며 손을
잡아서 어느 정도 내가 진정하자   20
그 비밀의 세계를 소개하였다.

여기서 한숨, 한탄, 날카로운 신음소리들이
별이 없는 공중을 꿰뚫으며 메아리쳐
처음 이를 듣자마자 나는 울었다.

불쾌하고 다양한 말들, 끔찍한 소리들,
비참함을 토해내는 말들, 분노의 폭발,
커다란 목소리, 부드러운 소리, 손바닥 치는 소리들.

항상 소란하게 뒤엉켜 소용돌이쳐
안심할 수 없는 캄캄한 공중을 통해
회오리바람에 일어나는 모래들 같았다.   30

그런 두려움에 머리가 꽉 찬 내가 묻길
"주인님, 지금 들리는 이 소란은 무엇니까?
으깨진 사람들은 누구며 무엇에 괴로워합니까?"

그가 "이는 비열한 자들인 한심한
피조물들, 그들이 그리 살았기에
불명예도 찬양도 없는 자들이다.

그들이 사악한 부류인 천사들과 함께 섞였는데
그 천사들처럼 배신자들은 아니지만
하나님께 진실치 않고 그저 따로 있던 자들이다.

하늘들 아름다움에 흠 갈까 하늘들이 그들을   40
거절해서 깊은 지옥에도 갈 수 없는 자들이라
어떤 영예도 얻지 못한다."

내가 묻길 "무엇이 그들을 그렇게 세게 때려서
그렇게도 커다란 한탄들이 나옵니까?"
그가 답하길 "한마디로 말하마.

이들은 죽는다는 소망이 일찍이 없었기에
그들 맹목의 일생을 그토록 경멸하며
아무것도 아닌 것들과 함부로 이를 바꾸었다.

세상은 그들에게 최소한의 명성도 안 주고
동정심, 정의심도 똑같이 이들을 비웃는다.   50
이로써 충분히 보았으니 이들은 지나가자."

둥글게 휘돌리는 무슨 깃발들을 보았는데
둥글게 돌리며 달리는 게 똑같은 비례라
숨 고를 시간의 허용이 없는 듯했다.

그 뒤로는 꽤나 긴 줄이 달리는데
그리도 죽은 사람들이 많이 모여 있으리라는
그런 걸 생각조차 한 일이 결코 없었다,

거기 그들 중 몇몇을 알아봤는데
그 사람의 혼을 보고서야 알았다
두려움에 그 끔찍한 거절을 했던 자.[1]   60

내 즉각 어떤 자들인가 알아채니
음침한 명칭의 그 무리들을 하나님께서도
하나님의 적들도 다 불쾌해한다.

---

1 본디오 빌라도, 그리스도를 재판한 최고 행정관 책임의 중대성. 일생을 가치 없이 보낸 자들의 대표로 '결코 존재한 적이 없는 것들'이라고 단테가 극심한 야유.

정말 결코 살았다고 할 수 없는 비열한 이들을
쇠금파리 장수말벌들이 맹렬하게 윙윙대며
소용돌이치듯 벌거벗은 그들을 괴롭혔다.

곤충들이 계속 쏘아대서 그들이 달리는데
그들 얼굴에서 눈물과 범벅이 된 피들이
바닥에 흘러 역겨운 벌레들이 핥아먹는다.

이들 뒤에도 무슨 길이 보였는데 70
넓은 강의 둑 위로 무리를 진 사람들이다
버질에게 청하길 "주인님, 말해주세요.

저들은 누굽니까? 무엇이 독촉하기에
그리 열심히 강을 건너려 하는지 겨우
보이는 이 어둔 빛 속에 왜들 저럽니까?"

그가 답하길 "우리 여행을 잠시 미루게 될
우울한 아케런 강둑 위에 우리가 서면
모든 게 아주 평범해질 거다."[1]

---

[1] 고전에 나오는 죽은 자의 강, 지하 세계에 도착하려면 건너야만 한다. 강 이름은 그리스 어원인 '고통' 혹은 '근심'.

부끄러움 가득해 눈을 내리고
내 말에 그가 지친 게 아닌가 두려워　　　　　　　　　　80
강가에 닿기까지 말하지 않았다.

그때 거기로 배 한 척이 우릴 향해 오는데
세월로 꽤 나이 든 머리 하얀 남자가[1] 외치길
"너희에게 경고하니 사악한 혼들이여!"

"다시 하늘을 보리라고 기대를 말라!
너희를 여기서 저쪽 둑으로 데려간다.
영원한 어둠, 얼음과 화염 속으로.

그리고 너, 거기 너! 살아 있는 너!
이자들에게서 떨어져라. 이들은 다 죽었다."
그가 날 보며 그러자 조금도 움직일 수 없었다.　　　　　90

그가 말하길 "다른 길들 또 다른 항구로
너는 해안에 닿을 거고 이 길은 아니다.
너는 더 가벼운 배로 운반해야만 한다."[2]

---

1 죽은 자들을 위한 고전의 뱃사공 이름. 그리스 이름은 밝게 불타는 눈이란 의미.
2 단테를 일러, 산 사람이 왜 여기 와있냐는 가벼운 조롱.

안내자가 말하길 "케런, 공연한 소란 안달 말라.
이는 무엇이든 원하는 곳에서 원하면 항상
해 오던 일이다. 넌 논할 자격 없다."

그 진탕 속의 강 뱃사공인 털북숭이
턱이 침묵하여 더 이상 말 없는데
그의 눈자위는 불의 반지 같다.

그들 혼들이 각종 곤경에 벌거벗어 비참한데　　　　　100
그 변변치 못한 임시변통의 말을 듣자마자 곧
안색이 변하며 그들 이빨을 덜덜 떨기 시작했다.

그들이 하나님과 부모를 한숨에 저주하니
그들의 잉태와 바로 그들의 탄생까지
모든 인류, 시간, 장소와 후손까지도.

그들이 뒤죽박죽 한 무리를 지어
사악한 강가에서 큰 소리로 우는데 하나님께
두려움 없던 모든 자들이 기다리는 데서다.

악마 케런이 이글거리는 주황 눈과
손짓으로 그들을 불러 다 모이자 110
노를 가지고 꾸물거리는 누구나 두들겨 팬다.

마치 가을에 낙엽들이
하나씩 떨어져 가지만 남기고
온 땅을 뒤덮듯이

같은 식으로 아담의 악한 종자들이
하나씩 그 강으로 떨어지며
케런의 턱짓에 새들처럼 모여들었다.

그들이 음울한 그 강을 가로질러 떠나면
건너편 강둑에 닿기도 훨씬 전에
또 다른 무리가 떠나려고 이쪽에 모인다. 120

"내 아들아." 나의 정중한 주인이 설명하길
"여전히 하나님의 화를 사서 죽은 이런 자들은
모든 땅에서 여기로 다 온다.

그들이 다른 해안에 닿으면 슬피 우는데
천상의 정의가 그들에게 박차를 가하기 때문이니
그들 두려움이 열망으로 바뀔 때까지다.[1]

선한 길을 걸은 혼이 이 길엔 아무도 없기에
지금 만일 케런이 너를 걱정케 했다면
그가 한 말이 무언지 정확히 알 거다."

이 말을 듣는 순간 컴컴한 땅이 흔들렸다   130
그토록 맹렬해서 이를 다시 되돌려
생각해도 온몸이 땀에 젖는다.

눈물로 가득 차 흠뻑 젖은 땅에 바람
한 줄기가 천둥소리로 터져 울리며 갑자기
주홍 불빛이 번쩍했다. 그 충격에

잠이 덮쳐온 사람처럼 난 가라앉았다.

---

1 죽어서도 제2의 심판이 있음을 알린다. 이는 단테의 지극하고 간곡한 신앙 권유. 자유롭고 진정한 인생살이 고취.

4곡

상부 지옥 제1지옥 '림보'

정신이 든 단테가 아케런 강 건너 지옥의 혼돈 가장자리 위에 버질과 선 자신 발견. 지옥의 첫 둘레인 림보는 버질이 갇힌 곳. 지은 죄보단 외려 세례 받지 못해서 이곳에 있다는 설명. 단테가 림보에서 축복의 장소로 옮긴 자들이 있는가, 질문. 버질이 구원받는 구약성서의 선조들을 보았다고 응답. 버질이 자신이 속한 고대 위인들의 특별한 장소로 안내. 버질의 귀환을 축하하는 고대 로마 5대 시성들이 단테 환영. 초록 잔디, 빛나는 환한 반구 속의 높은 성. 버질이 고대 영웅, 과학자, 철학자, 의사들, 무려 40명의 위인들 이름을 알려줌.

사람들이 깊은 잠에 빠진 자를
거칠게 깨우듯이 급작스런
천둥이 뒤흔들어서

휘둥그레 잠자던 내 눈을 굴리며
똑바로 일어서서 뚫어지게 응시하며

어디인가 알아보려고 애썼다.

정말로 그 눈썹 위에 섰는데
비참한 혼돈의 꼭대기로서
결코 끝없는 비통의 저장소 위다.

그리 깊고 심오하게 캄캄하고　　　　　　　　　　　　10
안개로 가득해서 보고 또 볼지라도
아무것도 전혀 볼 수 없었다.

"자, 모두가 장님인 세계로 내려가자."
죽은 듯 창백한 안색의 시인이 말하길
"내 먼저 앞서니 넌 뒤로 오너라."

그 창백함을 본 내가 말하길
"어떻게 갑니까? 당신이 두려워하니,
항상 내 두려움을 위로하던 분께서."

그가 "저 아래에 있는 사람들 생각으로
그 비참함이 묻어난 내 얼굴의 고뇌를　　　　　　　20

겁이라고 오해하는구나.

먼 길이 재촉하니 지금 가야 한다."
그가 그러며 들어가서 나도 들어가는데
빙빙 돌아서 내려가는 첫 둘레의 지옥이다.[1]

여기서 들은 걸 말할 수 있으니 아직은
한숨 외엔 아무 비탄도 없고
영원한 공중을 통해서 떨리는 건

고통이 아닌 깊은 슬픔이 자아내는
셀 수 없이 많은 모든 사람들, 아이들,
여자들, 남자들의 한숨이다.   30

"묻지 말라." 내 다정한 주인이 말하길
"네가 바라보는 이 영들이 누군지를.
더 가기 전에 네가 꼭 알아야 할 건

그들은 죄 짓지 않은, 가치 있는 자들.

---

[1] 지옥은 옥수수 모양의 거대한 검은 빈 공간이 지구의 지하에 깊게 퍼져 내려가는 구조.

오직 세례 받지 못하여 충분치 못한데
너희 믿음에선 세례가 필수여서다.[1]

그들이 기독자가 되기엔 너무 일찍 태어나
사람들이 하듯 하나님 섬기기엔 실패했다.[2]
그런 영들 사이에 내가 또한 있다.[3]

우리의 그런 결점 아닌 결점들로서   40
잃어버린 자들 속에서 비록 벌 받으며
소망 없이 여기 있으나 열망 속에 산다."

그 의도에 내 맘이 사로잡혀 찢기며
가치 있는 사람들 몇몇을 알아보았는데
림보에 갇혀 지내고 있기 때문이다.

"말해 주시오, 스승이자 주인이여."
모든 불확실성을 정복하는 믿음으로
확실히 알기 바라며 내 묻노니

---

1 중세 교회의 기독자 신앙 증거로 교회 세례가 필수 조건.
2 림보의 위인들 모두 기원전에 태어나 세례 받지 못함.
3 기독자들에게 존경받는 버질이 림보에 있음은 인간 이성의 한계라는 단테의 깊은 은유.

"일찍이 누군가 그가 행한 선으로 또는 다른
축복의 도움으로 여길 떠난 자가 있습니까?"   50
내 말하지 않은 걸 다 아는 그가 답하니

"내가 여기 도착하고 조금 지난 후에
굉장한 주님 한 분이 오심을 보았는데[1]
승리의 증거를 품으신 그대로였다.[2]

그분이 우리 조상의 혼을 데려가시니[3]
아벨의 혼과 노아의 혼,
율법을 만들고 복종케 한 모세,

족장 아브라함, 임금 다윗,
이스라엘의 아버지와 자녀들,
그렇게 많은 노고[4]를 이긴 라헬.   60

많은 다른 사람들도 축복으로 데려가셨다.

---

1 부활하신 그리스도.
2 십자가의 죽음 이후에 십자가 상처를 지닌 채 지옥에 오셨다고 버질이 증언.
3 아담.
4 야곱, 이스라엘로 불림. 그가 라헬을 신부로 맞고자 14년간 그녀 부친이자 자신의 외삼촌에게 봉사.

알아야 할 일은 일찍이 어느 사람의 영도
그 이전에 영광으로 올려간 자는 없었다."

이런 설명을 하는 동안 우린 쉬지 않고
숲을 통하여 계속 전진하는데
혼들이 숲의 나무처럼 많다는 뜻.

우리가 아직 그리 멀리 가지 않았을 때
그 둘레의 가장 높은 지점에서 불꽃을 보았는데
이는 그 음울한 반구를 압도하였다.

우리가 아직 다소 멀리 있음에도   70
이를 인식 못 할 정도로 멀진 않아서
불빛 안에 영광의 사람들이 있음을 알았다.

"오, 지식과 예술 둘 다 영예를 떨치는 당신이여!
저런 높은 영예를 받는 이들은 누구이며
저 너머로 따로 있는 자들은 누굽니까?"

그가 내게 "그들의 영예로운 이름들이

여전히 저 위 세상에 메아리치며
하늘의 은혜로 이처럼 그들이 우대받는다."

그가 말을 끝내자 한 목소리가 들리니
"고명하신 시인께 영예를 드리노라!
우리를 버렸던 그 혼이 돌아왔노라!"

그런 목소리가 그치고 모두 조용해지며
네 명의 고귀한 혼들이 우리에게 오는데
그들은 기쁘지도 슬프지도 않은 듯하다.[1]

내 친절한 주인이 그들을 보며 말하길
"손에 칼을 잡은 그를 잘 보라.[2]
다른 세 사람들 앞에 주인처럼 오는 이를.

최고의 첫 시인인 호머다.
다음은 풍자하는 호레이스,
오비드가 세 번째, 루칸이 마지막.[3]

---

1 야곱, 이스라엘로 불림. 그가 라헬을 신부로 맞고자 14년간 그녀 부친에게 봉사.
2 『일리아드』, 『오딧세이』의 저자.
3 호머는 그리스 시인. 그의 '오딧세이'의 주인공들을 단테가 연옥에 등장시켜 행위의 잘잘못을 기독자들 죄와 같이 비교.

그들은 물론, 나도 바르기에
그들의 이름을[1] 단 하나도 말하진 않았어도
그들이 나를 영예로워하니 이가 올바르다."

보니까 영광의 시인들이 둥글게
최상의 형식으로 스승을 둘러싸는데[2]
다른 사람들 위로 솟는 독수리 같았다.

그들이 서로 잠시 말을 하더니
나를 돌아보며 환영한다는 표시를 하여
내 스승이 소박한 미소를 짓는다.

심지어 고귀한 시인이 내 길로 오더니   100
그들 무리에 합류하자고 초대하여
여섯째로 맞이할 만큼 그들 마음이 위대하다.[3]

그리하여 계속 걸어 그 불빛에 이르자
그때 그들에게 말을 해도 좋았을 텐데

---

1 단테가 존경한 고대 로마 시대 시성들. 단테가 자신의 신곡 구상이 그들 5대 시성들보다 뛰어남을 자부함. 그들 시성들 작품 주제와 비교해, 신곡 주제인 성서의 우월함을 과시.
2 서사시의 형식.
3 단테가 동료 시인의 한 사람으로 그들에게 환대 받는다.

그때 말하지 않은 게 옳았다.

마침내 고귀한 그 성 아래 닿았는데
치솟은 높은 벽들이 일곱 겹에 싸이고[1]
작은 시냇물이 해자처럼 둘러 흐르는 데다.

이 냇물을 마른 땅 위처럼 건너서
현자들과 함께 일곱 문들을 통해 갔다.　　　　　　110
초록색으로 자란 풀밭에 도착하니

신중한 눈동자를 지닌 사람들을 보았는데
그들은 권위를 지닌 듯 보였고
거의 말을 안 하나 말을 하면 부드럽고 낮았다.

바닥이 좀 솟아오르고 따로 떨어진
빛이 가득한 넓은 지역에 들어서자
주변의 모든 사람들을 거기서 볼 수 있었다.

내 앞으로 에나멜처럼 빛나는 초록색 위로

---

1 많은 견해가 일곱 갈래의 일반 예술 일컬음. 문법, 수사, 논리, 수학, 음악, 지리학, 천문학.

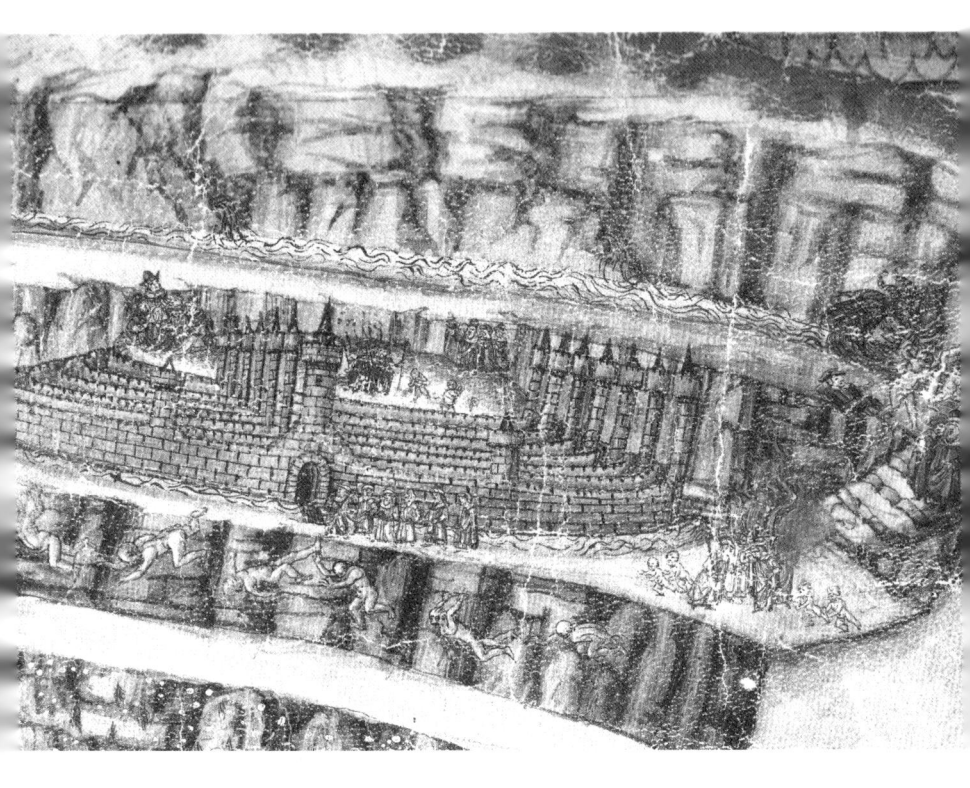

그리도 위대한 모든 영들이 나타났다.
내가 본 그들을 생각하면 여전히 기쁘다.   120

모든 그녀의 후손과 있는 엘렉트라를 보았는데
그중엔 헥토르와 아이네이아스가 있고
다음엔 전신 무장을 한 매의 눈 시저다.¹

카밀라와 펜테실라를 보고
다른 쪽엔 라티누스 왕이, 그 옆엔 그의 아이
라비니아가 앉은 걸 보았다.²

탈퀸을 몰아낸 부르투스도
루크레티아와 줄리아, 마르시아와 코넬리아,
살라딘은 따로 혼자 있음도 보았다.³

무언가 보려고 눈을 올리니 거긴   130

---

1   트로이에서 도망친 라틴 족속 설립자의 모친과 줄리어스 시저.
2   아이네이아스에게 죽은 여왕, 아킬레스에게 죽은 아마존, 아이네이아스 전의 라티움의 왕, 아이네이아스의 셋째 부인.
3   로마 공화국의 덕성스런 네 여인, 십자군 전투에서 여러 차례 이긴 애급의 회교 명군으로, 로마 제국의 젊은 프리드리히 2세와 예루살렘에서 평화조약을 맺어 잠시 평화를 누려서 유럽에서 높은 평판 지닌 고귀한 품성의 살라딘을 칭송.

그를 아는 남자들의 위대한 스승이[1]
철학자 가족들과 앉아 있었다.

그들 모두 그를 존경해 영예를 올리는데
거기에 소크라테스와 플라톤 둘을 보니
다른 누구보다 그에게 가까이 서 있고

기회를 다 내려놓은 데모크리투스
디오게네스, 엠페도클레스와 제노
헤라클리투스와 탈레스, 아낙사고라스를 보았다.[2]

나는 또한 훌륭한 식물학자
디오스코리데스, 라이너스와 올페우스　　　　　　140
툴리와 도덕가 세네카.[3]

기하학자 유클리드, 프톨레미,
히포크라테스, 갈렌과 아비첸나

1　아리스토텔레스.
2　그리스도 이전 시대의 그리스 철학자들.
3　A.D. 1세기의 이름난 그리스의 의사, 그리스 신화의 두 시인, 키케로(로마의 정치가이자 웅변가), 로마의 비극 작가(A.D. 65년경).

주해서를 쓴 아베로에즈를 보았다.[1]

지금 그들 모두를 자세히 논할 수 없으니
나의 오랜 주제가 강조하길 아주 자주
말할 게 무언지 짧게 하란다.

동료 여섯이 지금 헤어져야 한다.
내 지도자가 나를 다른 길로 데려가니 거기
조용한 데서 그 바깥인 두렵게 떨리는 공중 속.

나는 전혀 빛이 없는 곳으로 간다.   150

---
1 그리스의 수학자(B.C. 300년경), 그리스의 천문학자(A.D.2세기), 그리스의 의사(B.C. 400년경), 그리스의 의사((A.D. 2세기), 아랍 철학자(A.D. 1037), 스페인 출신 아랍 철학자로 아리스토텔레스에 관한 주해서 씀.

5곡

중부 제2지옥 '정욕 죄'

지옥의 혼들은 생전의 행위로 저주받은 자들. 크레테 섬의 미노스 왕이 지옥의 심판관인데 저주받은 혼들의 죄 고백을 듣고 지옥 위치를 지정해준다. 몇 번째 지옥인지 듣자 곧 지옥 구덩이 속으로 직행. 두 여행자가 둘째 지옥인 정욕 죄 지옥에 진입. 형벌의 해학. 부부간 정절이 기독교 신의임을 강조.

첫 번째 둘레에서 내려가 두 번째에 들어서니
약간 좁아진 공간 안에[1] 고통의 외침이
보다 더 큰 비애로 울려서 올라왔다.

미노스가[2] 거기서 무섭게 이빨을 갈며
혼들이 들어설 때마다 죄를 판단해 그의 꼬릴
돌려 감는 횟수로 그들 위치를 정한다.

---

1 모든 둘레를 돌면서 지옥으로 내려가며 점점 좁아진다.
2 크레테 섬 신화의 왕으로서, 죽은 후 죽은 자들의 심판을 맡은 통치자가 되었음.

나쁜 짓을 위해 태어났던 영들이 그 앞에
오면 모든 고백을 하게 되고 그럼
모든 죄에 관한 전문가가 말할 수 있어서

어떤 깊이의 지옥이 가장 적합한가를 10
긴 꼬리를 자신 몸에 둘러 감는 횟수로서
몇 번째 지옥인가를 결정한다.

거긴 항상 많은 무리가 있다. 각자 번갈아
심판을 들으러 그 앞에 서야만 한다.
그들이 말하며 그가 듣고 곧장 아래로 보낸다.

"오, 비참한 거주지에 도착한 너!"
미노스가 나를 보자 외쳤는데 이는
평상시 수행하는 그의 임무의 무시이니[1]

"네가 어째 왔는지, 누구를 믿는지 살펴라!
입구가 너무 넓어 네가 속았는가도!" 20
내 지도자가 그에게 "왜 그리 화를 내냐?

---

[1] 그의 역할은 그들에게 알맞은 지옥을 지정해주는 것.

그의 이런 운명 같은 여행을 방해 말라.
거기서 바란 바로서 무엇이든 원한 건
항상 행하는 데서다. 네가 논할 자격 없다."[1]

목소리들이 지금 크게 들리는 데라서
비탄의 큰 소리가 나오면서 사방의
큰 울음소리들이 내 귀를 때렸다.

모든 빛이 침묵하는 어딘가로 왔는데
거기는 바다에서 폭풍이 몰아치는 거친
바람에 저항하며 싸우는 소리 같다.   30

이 지옥 같은 태풍이 조금도 쉬지 않고
모든 영들을 불가항력으로 회전시켜서
그들을 계속 쓰러트린다.

그들이 바위들이 굴러 떨어진 데로 왔을 때[2]
어찌나 울부짖고 한탄하며 비탄하는지!
그들이 거룩한 권능을 얼마나 저주하는지.

---

1 지옥3곡 95-96을 보라.
2 십자가 사건 때 일어난 지진의 결과.

그런 모든 고통들이 무언지 난 이해했으니
육신을 위한 죄를 지은 자들이 진 운명으로
이성의 지배를 열망해야 할 자들이다.

추운 계절엔 함께 날며　　　　　　　　　　　　40
날개를 편 찌르레기 무리처럼
나쁜 영들이 그 사나운 휘몰림 속에서

여기저기 위아래로 휩쓸렸다.
그들은 쉰다는 위안이나 그런 고통이
줄어든다는 생각조차 못한다.

공중에 길게 한 줄을 지어 가며
큰 소리로 우는 학들 무리처럼
신음소릴 뱉으며 다가오는 혼들을 보았는데

바람의 전쟁터 격류에서 나타난 자들이다.
내가 묻길 "스승님, 이들이 누구이기에　　　　　50
이 암흑 공중에서 이리 심한 벌을 받습니까?"

스승이 답하길 "아마도 이들 중 첫째로
네가 알기를 바랄 자는 여황제인데
많은 나라에 여러 말로 알려졌다.

그녀는 걷잡을 수 없는 타락의 방종을
자기의 법들로 정당화한 특허를 내려서
자신이 초래한 비난을 면하려고 했다.[1]

그녀는 세미라미스. 우리가 읽은
그녀는 니너스의 아내로서 계승자인데
현재는 술탄 휘하의 땅을 다스렸다.[2]   60

또 다른 자는 사랑의 절망에서 스스로 죽은
시케우스의 유골에게 했던 믿음을 깬 자다.[3]
다음은 클레오파트라.

헬렌을 보라, 그녀로서 그 시대가 받은 저주,
죄악, 비통 그리고 위대한 아킬레스를 보라.

---

1 그녀의 아들과 근친상간.
2 애급.
3 『아에네이드』에서 카르타고의 여왕 디도. 죽은 남편에게 충실 맹서. 아이네이아스에 대한 사랑으로 변심. 그에게 버림받자 자살.

그 또한 끝내 사랑에 압도당했다.[1]

파리스를 보라[2], 트리스탄도.[3]" 그가 내게
천 명도 더 되는 많은 혼들의 이름을 알려주니
사랑의 정욕으로 죽은 자들이다.

끝까지 스승의 말을 들으면서　　　　　　　　　　70
고대의 기사와 숙녀들 이름들로 인해
큰 놀라움에 잡혀 거의 기절할 듯했다.

내가 묻길 "시인이여, 내 맘이 이끄니
저기 같이 묶인 두 사람에게 말하고 싶습니다.
그 바람 위에서 그렇듯 가벼워 보여서요."

그가 내게 "시도해 봐라, 그 둘에게.
점점 다가오면 간청해라, 그들을 그리 몰아간
사랑에 대해서. 그럼 네게로 돌아서리니."

1　트로이의 왕 프리아모스의 딸 폴릭세네를 위한 사랑으로 자신이 기습당해 죽음.
2　프리아모스의 아들. 메넬라오스에게 헬렌을 훔쳐, 트로이 전쟁 발발.
3　이졸데의 연인. 간통으로 남편에게 죽음.

다시 바람이 그들을 우리에게 불어오자
내가 말하길, "오, 끔찍한 고문을 받는 혼들이여!   80
이리 와 말해주오. 그게 금지가 아니라면!"

바로 욕망에 이끌린 비둘기들처럼
그들의 둥지 안에서 날개를 활짝 편 채
공중을 통하여 확실한 의도로 날아서,

디도가 있는 그 혼잡에서 둘이 떠나더니
불결한 공중을 통해 우리에게로 오는데
나의 따뜻한 울음엔 그런 힘이 있었다.

"오, 산 존재여! 그다지 은혜롭고 선하여
검은 공중을 지나 방문해준 당신이여!
한때 세상을 피로 얼룩지게 한 우리에게   90

오, 모두의 하나님께서 오직 우리 친구시면
당신에게 평화를 주시라고 간청하리니,
당신이 슬픈 우리 마지막을 동정해주다니.

당신이 말하고 싶은 모든 걸
무엇이든 당신에게 말할 테니,
이 짧은 동안 태풍이 침묵하는 사이에.

내 고향이 자리한 곳을 설명해야 하니
포 강이 내려오는 바닷가 위쪽, 그 강의
모든 지류가 조용한 바다에 닿는 곳이오.[1]

사랑이 별안간 고귀한 심장에 불을 붙여　　　　　100
그를 사로잡아 이 몸에 그가 매혹 당해
지금 받는 고통과 같은 식으로 죽었소.[2]

사랑은 사랑받은 자가 반드시 보답한다는데
그들 연인들처럼 사랑의 즐거움에 사로잡혀
보다시피 아직 사랑이 나를 떠나지 않으니.

사랑이 우리 둘을 단번에 죽여서
우리 생명을 앗아간 그를 카이나[3]도 기다리오."

1　리미니의 프란체스카. 라벤나 출신, G. 말라테스타와 결혼, 시동생 파올로와 불륜.
2　남편이 둘 다 한칼에 죽임.
3　지옥의 가장 낮은 지역(32곡), 친척들을 배신한 자들이 갇혀 있다. 카인의 이름을 딴 것은 동생 아벨을 죽였기 때문(창4:8). 지옥의 각 명칭은 단테의 순 상상이기에 전재 칭송.

이것이 우리에게 건네 온 그녀의 말들이다.

내가 부른 그런 매 맞는 혼들에게 이를 듣자
나는 머리를 오랫동안 아래로 떨구었다. 110
한참 뒤 시인이 묻길 "무슨 생각을 하느냐?"

대답하길 "아, 슬픕니다!
많은 즐거운 생각들, 대단한 열정이 어떻게
그런 비참한 길로 그 한 쌍이 가게 했을까!"

다시 그들에게 돌아서 말하길
"프란체스카, 당신 고통이 어떤가 보니
연민과 슬픔의 눈물이 나를 울게 만듭니다.

부드러운 한숨의 시절에 무슨 방식으로
사랑이 당신을 용납했고 당신의 모호한 120
욕망들을 시인했는가, 말하시오."

그녀가 말하길 "이런 곤궁함 속에 더 이상
큰 비참이 없음은 행복한 시절을 되돌아보는

일인데 당신 스승이 이를 알 겁니다.[1]

네가 우리 사랑의 시작 원인을 알고자
정말로 원하는 듯해서 말하겠다.
비록 이를 말하며 울더라도.

어느 날 쾌락을 위해 책을 읽었는데
랜슬롯이 어떻게 사랑에 사로잡혔는가를.[2]
의심할 바 없이 조용했고 우린 둘만 있었다.

여러 군데를 읽는 우리 눈이 사로잡혀   130
둘이 함께 뺨의 홍조가 사라지고
한 지점에 이르자 오직 놀라움에 잡히니.

사랑받는 자의 미소가 어떤가를 읽을 때로
그런 유명한 연인에게 입맞춤을 받는 곳.[3]
내 결코 엄격할 수 없던 자인 이자가[4]

---

1 버질의 아내 사랑 방식.
2 상관인 아서 왕의 왕비 귀네비어에 대한 랜슬롯의 사랑은 엄연한 불륜.
3 두 사람의 입맞춤.
4 파올로.

전신을 떨며 내게 입을 맞추었다.
책이 뚜쟁이였다. 그리고 이를 쓴 남자도.
그날 이후 우린 더 이상 읽을 수 없었다."

영 하나가 이를 내게 다 말하는 동안
다른 영이 울기에 나의 조바심은   140
쓰러질 지경으로 죽을 듯하여

나는 시체처럼 쓰러졌다.

6곡

중부 제3지옥 '탐식 죄'

식탐에 몰두하다 죽은 자들의 지옥. 이들의 형벌, 악취 나는 진창 구덩이에 엎어져 있고 우박과 진눈깨비가 계속됨. 그곳을 지키는 괴수 케르베로스가 으르렁댐. 엄청난 식욕이 평생을 좌우한 미식가들의 혼은 그들에 알맞은 더러운 벌을 받음. 동향인 피렌체 인 혼이 단테 알아보고 그의 앞날을 악담으로 예언함. 단테가 이를 상관 않고 버질과 대화하며 다음 네 번째 둘레로 내려간다.

인척들 사이면서 그리 비참했던 자들의
비참한 궁지가 참으로 혼란스러워서
잃어버린 의식이 되돌아오자

새로운 고문들로 고통받는 혼들이
내가 움직이는 대로 주변에 떠오르는 게
어디를 둘러보든 보인다.

세 번째 둘레로 이곳[1]은 무겁고
차가운 저주받은 비가 영원히 내리는데
빗줄기가 결코 줄지 않는다.

더러운 게 섞인 커다란 우박에 눈까지   10
암울한 공중에서 쏟아 내리며 뒤섞인
땅에서 고약한 냄새가 난다.

괴상하게 포악한 맹수 케르베로스가[2]
세 개의 목구멍으로 그르렁대서
이 혼들은 진탕 속에 잠겨 있어야만 한다.

시뻘건 눈에 시커멓고 번지르르한 수염
부풀어 오른 배와 거대한 발톱 같은 손으로
거기의 혼들을 찢어서 가죽을 벗긴다.

그 혼들이 빗속에서 사냥개들처럼 짖으며
한 옆에서 한 옆으로 숨으려고 뒤집으며   20

---

1 식탐의 지옥이다.
2 고대 시인들은 케르베로스를 머리가 셋 달린 지하 세계의 호위자로 표현. 그에다 단테의 묘사로 무섭게 덧붙임.

죄인들이 계속 뒹군다.

거대한 벌레 케르베로스가 우릴 인식하자
그의 입을 모두 열어 어금니를 드러냈다.
거기엔 그 무엇도 꿈틀대는 게 없어서다.

그때 내 지도자가 두 손을 활짝 펴
흙을 끌어모아 손아귀에 넘치게 해서
크게 벌린 그 목구멍들 속에 밀어 넣었다.[1]

그러자 뼈다귀 하나에 짖던 개처럼
그걸 물어뜯고자 즉시 조용해져
그걸 삼키려 입을 다물어 숙여서   30

더러운 세 개 얼굴이 그러더니만
악마 개 케르베로스가 충격을 받고
혼들에게 들리던 소리가 잠잠해졌다.

일정한 홍수로 위아래로 매를 맞는 혼들을

---

1 『아에네이드』에서 케르베로스에게 먹인 음식을 비유. 꿀에 적신 마약 성분의 먹이로서 아이네이아스가 지하 세계로 들어가는 허락을 얻었다.

가로질러 지나는데 피 묻은 육신은 보이나
우리 발엔 아무것도 닿는 게 없었다.

그들 모두 엎어 누운 채고 우린 그 위로
계속 가는데 그 순간 바라본 혼 하나가
별안간 벌떡 일어나 앉는다.

"오, 당신." 그가 부르길 "이 지옥을 통해   40
끌려가는 자여, 부디 내 부름에 응해주길.
넌 내가 죽기 얼마 전에 태어나서다."

내가 그에게 "당신이 받는 고문으로
내 기억이 당신을 몰아내서
우린 결코 아는 사인 아닌 듯하오.

당신이 누군지, 당신이 이런 데 속해
왜 이런 벌을 받는가 말하시오.
더 이상 역겨울 수 없기 때문이오."

그가 답하길 "내가 해 아래 사는 동안

그 도시[1]에 시기심이 넘쳐났는데   50
여전히 너의 도시고 나의 도시다.

시민들이 나를 치아코[2]라 불렀는데
빗속에 부러진 남자로 보이는
나는 탐식 죄로서 죽었다.

이리도 슬픈 혼들이 나만은 아니니
이런 고통을 받는 건 같은 죄 때문이다."
그가 계속하지 않아 내 말하길

"치아코, 당신의 비참한 처지가
무거워 나를 울리네요. 할 수 있다면
미래의 운명을 말해주시오.   60

분열된 도시 시민들에 관해서요.[3]
바른 사람이 하나라도 있나요? 왜 그리 큰
불화의 먹이가 되었는지 말해보오."

---

1 피렌체.
2 별명을 뜻하며 '멧돼지'
3 피렌체 정치의 두 분파인 겔프당(교황당)과 기벨린(황제당) 뜻함. 다음엔 교황당이 다시 백당(단테가 속함)과 흑당으로 분파.

그가 답하길 "많은 논쟁 다음에 피를
흘리는 일이 일어나서 그 지방의 당이[1]
폭력으로 다른 당을 몰아내고

그땐 그 당이 지배력을 잃어
3년 안에 다른 당이 승리하니[2]
방벽에 앉은 자의 도움을 받아서다.[3]

그러면 그 당이 다른 당을 억눌러   70
엄청난 괴로움에 그들이 머리를 높여[4]
수년간을 어쨌거나 불평한다.

두 남자[5]가 있으나 절대 안 듣는다.
오직 세 개의 불꽃에만 마음의 불을 켜니
시기심 탐욕 자만뿐이다."

그가 즐겁지 않은 주의로 끝냈다.

---

1 백당.
2 흑당.
3 교황 보니파스 8세로서 단테는 흑당이다. 지옥29곡 52-57 참조.
4 자신의 고향 도시에 대한 단테의 수치심 포함.
5 그들이 누군지 남겨두자. 더러운 자들이 많다는 뜻.

내가 "좀 더 정보를 알고 싶습니다.
청하노니 그보단 좀 더 알려주시오.

화리나타, 테기아이오, 영광의 남자들[1]
자코포 루스티쿠치, 아리고, 모스카   80
그들 다 마음을 바른 행위에 두었는데

그들이 어디인지 우리가 함께하는지
하늘에서 그들을 위로할지 지옥이 더 혹독히
대할지 듣기를 열망합니다."

"가장 시커먼 혼들 가운데 그들이 있으며
다른 죄들이 더 깊은 곳으로 보내야 해서
더 내려가면 거기서 그들을 네가 보리라.

네가 다시 저 달콤한 세상으로 돌아갈 땐
사람들이 나를 기억하도록 네게 청하노니
더 이상 말하지 않겠다. 질문이 헛되리라."   90

---

1 피렌체의 두드러진 이들 다섯 명에 대한 화리나타의 언급은 지옥10곡, 테기아이오와 러스티쿠치는 지옥16곡, 모스카는 지옥28곡에 다시 나온다.

이로써 그가 옆으로 돌더니 고정된 응시로
잠시 나를 흘기고 다음엔 머리를 숙여
장님인 다른 자들에게 쓰러졌다.[1]

"다신 그가 일어나지 않는다." 내 안내자가
말하길 "적대시하는 권위의 전령들인[2]
천사들의 나팔이 울리기까지는

그들 모두 육신의 모습을 되찾게 될 때[3]
(다시 그들이 묻힌 장소에서 발견된다)
그들은 영원히 울리는 판결을 듣는다."

우리는 더러운 진액의 장소를 가로질러   100
진창과 혼들이 뒤섞인 곳을 천천히 걸었다
다가올 생명에 조금이나마 닿으려고.

내가 묻길 "스승님, 이러한 고통들이
심판의 날에 그들에게 점점 더 커지나요,

---

1 얼굴을 진창에 담그지만, 물론 정신적으론 장님.
2 그리스도.
3 육신의 부활에 관한 기조 참조.

줄어드나요, 아니면 그저 격렬해지나요?"

그가 내게 "너의 배움이 이를 쉽게 한다.
무엇엔가 가까워져 완전함에 이르면
그게 커질수록 기쁨과 고통이 있다.

여기 이렇게 저주받은 자들이
진리의 완전함엔 결코 이르진 못할지라도   110
그때가 가까워지길 지금보다 훨씬 더 기대한다."[1]

우리가 그 영역을 계속 걸으며
할 수 있는 말보다 더 많은 걸 말하고
마침내 내려가는 길이 있는 데로 왔다.[2]

우리는 거대한 적 플루토를 발견했다.[3]

---

1 그들은 저주받았기에 결코 완전해질 수 없다. 마지막 심판 날 그들 혼들이 그들의 육신과 재결합할 때 비로소 완전에 가까이 갈 거다.
2 셋째 둘레에서 넷째 둘레까지.
3 고대의 부의 신. 그가 "그 위대한 적"인 것은 "돈을 사랑하는 자는 모든 악의 뿌리"(디모데 후서6:10)기 때문이다.

지옥 6곡 75

7곡

중부 제4, 5지옥 '탐욕과 분노 죄'

네 번째 둘레 입구의 플루토, 신화 인물이 탐욕스러운 자들 관장. 그가 단테에게 화를 내나 버질이 막고 넷째 지옥 진입. 단테가 탐욕의 벌 받는 자들을 알려고 하지만, 알지 못함. 버질이 행운의 여신 설명.

네 번째 둘레에 흐르는 물길 따라 두 여행자 늪지인 스틱스 강에 도착. 분노한 자들이 벌거벗고 진흙에 잠겨 서로 이빨로 아무데나 야만스레 공격. 그런 늪지에 잠겨서 그들 존재를 표면에 이는 거품으로만 인식. 그들 인생에서 부당했던 분노에 적절히 말로 대응하지 못해서 죽은 후의 징벌이란 단테의 우롱.

"아버지 사탄, 아버지 사탄 알레프!"[1]

이는 플루토가 쉰 목소리로 꺽꺽댄 소리다.

그를 잘 아는 현자가 행복하게 나를 지키며

---

[1] 지옥에서 책임진 위치의 다른 자들처럼 플루토가 단테의 도착에 성가셔한다. 그가 대장 사탄을 부른다.

말하길 "결코 그 소리에 당황하지 말고
놀라지도 말라. 그가 무슨 힘을 가졌건
이 바위로 내려가는 우릴 멈출 순 없다."

오만한 얼굴로 돌아보며 말하길
"조용해라, 저주받은 늑대야! 네가 소화하려는
분노를 네 속에서나 꿀꺽 삼켜라.

암흑으로 가는 목표 없는 여행이 아니라   10
위에서 미카엘이 오만한 배신에 천둥벼락을
내려친 거기서 정한 것이니라."[1]

항해 시에 돛이 일단 바람에 자랑스레 부풀다가
돛대가 부러지면 뒤엉켜 처져버리듯
분개하던 그 야수가 땅바닥에 떨어졌다.

우리는 네 번째 단계로 갔는데 전방에
지옥의 가장자리를 따라서 전 세계에서 죽은

---

1 (계12:7-9) "거기 하늘에 전쟁이 있었다. 미카엘과 그의 천사들이 용을 상대로 싸웠다. 용이 천사들과 싸웠으나 우세하지 못해… 큰 용이 쫓겨났고 그게 옛 뱀이자 악마로 불린, 사탄이고, 전 세계를 속였다. 그가 지상으로 쫓겨나며 그와 같이 그의 천사들도 쫓겨났다."

모든 악한 자들을 가두었다.

하나님의 정의여! 그리 많은 기괴한 고문들이
이리도 쌓인 걸 그 누가 일찍이 보았으랴?　　　　　　20
왜 우리는 낭비하며 이런 죄를 짓는가?

커리브디스가 가까우면 일단 그 물결들이[1]
반대 물결들을 때려 박살내듯이
이곳 사람들이 즐거운 춤을 추듯이 한다.

여기 보이는 혼들이 이제까지보다 훨씬 많고
거대한 무게를 가슴으로 밀어 굴려 큰소리로
으르렁대며 양끝에서 서로 마주 보며 향한다.

그들이 마주 오다 가운데서 크게 부딪친 다음엔
그 무거운 걸 크게 돌려 굴리며 서로 고함치길
"왜 축재만 했느냐?", "왜 낭비만 했느냐?"[2]　　　　30

1　메시나 해협의 거친 바다 소용돌이 명칭.
2　인색한 자와 방탕한 자들이 똑같은 방식의 벌을 받는데, 양쪽 다 그들의 재산 사용에서 중용을 보이는 데 실패해서다.

암울한 그 속에서 반원을 그려가며
각각 그들의 서로 반대쪽으로 돌아가선
다시 그런 비난을 서로 되풀이한다.

서로 돌아서 양끝 지점에 각각 이르면
거기서 돌아서 마상 창 시합하듯 다시 한다.
내가 속으로 심히 지쳐 말하길

"주인님, 이 모두를 설명 듣고 싶습니다.
여기 이들은 누굽니까? 다 성직자인가요?
우리 왼쪽의 삭발한 자들 말입니다."

그가 답하길 "그들 모두가 늘 사팔눈이던,   40
거기 사는 동안 정신상으로 늘 사팔눈이던
그들이 지낸 방식에는 중도가 없던 자들이다.

그들의 짖어대는 큰 소리가 이를 명백히 하니
그들이 그 원에서 두 지점에 이를 때마다
반대편 결점을 그들에게 보여주며 떠난다.

왼쪽의 저자들은 성직자들(정수리 머리카락이
드문 자들) 교황들과 추기경들인데
거기의 그들에겐 한없는 탐욕만 있다."

내가 묻길 "주인님, 이런 자들 속에
같은 죄로 자신이 불결한 자들　　　　　　　　　　　　50
내가 알 수 있는 몇몇이 있을 겁니다."

그가 답하길 "너의 그런 생각은 헛되다.
분별없는 삶이 그들을 더럽혀서
지금 그들의 모습을 식별하긴 아주 어렵다.

모두가 이런 무게를 영원히 굴려야만 한다.
이 몫이 어느 하루 그들 석관을 떠날 텐데
두 주먹을 불끈 쥔[1] 대머리를 가진 자들이다.[2]

그들의 맑은 세계를 방탕과 인색에 뺏겨서
그들이 이렇게 부딪치게 하였으니 내가
축복받으러 그 주위를 어슬렁대진 않으리라.　　　　　60

1　심판의 날의 수전노들.
2　낭비자들. 그리 방탕해서 대머리가 많던 나이 든 고위 성직자들을 단테와 버질이 우롱.

아들아, 지금 짧은 환영을 네가 보는 중이니
세상의 부는 행운의 여신 손에서 인간들에게
그런 혼란을 가져온다는 것을.

모든 황금이 달 표면 아래에 늘
있었는데 이런 허약한 영들 사이에선[1]
결코 한 사람도 만족시킬 수 없었다."

"주인님." 다시 묻길 "누군지 말해 주세요.
당신이 언급한 소위 행운의 여신이 손아귀에
세상의 부를 모두 가진 자입니까?"

그가 답하길 "얼마나 많은 얄팍한 무지가   70
어리석은 인간들을 희생물로 삼는가!
내 지금 느끼는 이런 감정을 네가 소화하길.

지혜의 사람인 그분께서 투명한 언급을 하셨으니
하늘들을 만들고 그들에게 안내자들[2]을 주고

---

1 어떠한 분량의 재산도 지옥에 있는 그들의 욕심을 채울 수 없었다. 우리의 인생도 그럴 수 있다고 단테가 주의를 권함.
2 하늘의 행성들을 다스리는 천사의 지능.

각 부분이 모두에게 서로 빛을 반짝여서

모두에게 그 빛이 동등하게 나누어진다고.
그분이 한 안내 대행자에게 명령하시어
세상 부와 명성에도 그런 식으로 행하라고

이렇게 헛된 것들을 관장하여 적당한 시간에
종족에서 종족으로 가문들을 넘어서   80
인간 재치의 영향력을 뛰어넘게 하셨다.

한 민족이 다스릴 동안 다른 민족은 약하니
정확히 그 대리인이 정한 대로 긴 풀속
한 마리 뱀처럼 누군가의 판단에 숨는다.

네 지혜로 그녀의 걸 잡으려 할 순 없다.
그녀는 미리 보고 판단하며 그녀의 왕국을
다른 신들의[1] 것처럼 관장하기 때문이다.

그녀의 변경은 절대로 흔적이 남지 않는다.

---

[1] 버질이 이교도 용어를 사용해 천사의 지능(지혜)이라 지칭.

필요하면 옮기게끔 그녀가 충동받아서
그토록 자주 남자들의 지위가 바뀌게 한다.   90

그래서 그녀가 욕을 먹고 저주받는데
심지어 그녀를 찬양해야 할 자들에게까지도
그리하여 죄지은 거 없이 비난과 우롱도 당한다.

그러나 그녀가 축복받아서 듣지를 않기에
다른 원초 피조물들[1]과 함께 행복하다
축복 안에서 기뻐하며 그녀의 천체를[2] 운행한다.

자, 이제 더 비참한 곳으로 내려가자.
모든 별들이 지고 있으니. 그들이 뜰 때
내가 떠났으니 우리가 늦어선 안 된다."

거기서 더 먼 방죽으로 가서 건너니   100
샘이 하나 부글거리며 샘솟아
더러운 도랑으로 흘러든다.

---

1 천사들. 인간보다 처음에 창조된 존재들이다.
2 천체를 안내하는 다른 천사의 지능을 가진 것처럼 행운의 여신도 그런 일들(세상의 재산과 지위)을 자신의 천체 영향권 내에서 단속한다. 우린 이를 행운의 바퀴라고 비유.

그 물은 검다기보다 거무스레하다.
우린 함께 암울한 물결을 따라
거칠고 울퉁불퉁한 길을 따라 내려갔다.

이 침울한 시내가 흘러가 만드는 길이
저주받은 경사지에 발자국을 남기며
스틱스로 알려진 늪으로 들어간다.[1]

멈춰 서서 응시하던 내가 수렁 속에서
뻘투성이의 사람들을 보았는데   110
그들 모두 벌거벗고 화가 나 보였다.

그런데 이들이 서로 때릴 뿐만 아니라
주먹으로 머리로 가슴과 발로써
각각 이빨로 조각조각 서로를 찢는다.[2]

친절한 스승이 말하길 "내 아들아, 봐라!
분노가 삼켜버린 이런 혼들을.
그보다 더한 건 네가 날 믿기 바라니

---

1 고전 신화에서 지하 속에 있는 강들 중의 하나.
2 노한 자들은 지상에서 행한 대로 지옥에서도 같다는 조롱.

그 표면 아래 더 많은 자들이 한숨 쉬나니
작은 거품들이 많이 올라오는 건
네가 어디로 눈을 돌리든 볼 수 있다.   120

진창 속 그들이 말하길 '해가 달콤한
공중에 빛날 때에 우리 맘에 암흑이 머물러
굼뜬 허풍 같은 것만 잔뜩 들어 있었다.

지금 암울한 진탕 속에서 심통만 난다.'[1]
그들 목구멍이 꿀꺽거려 이런 신음 소릴 내니
늘 하던 대로 낱말을 노래할 수 없어서다."[2]

그 늪의 넓은 호안을 돌아 우리가 왔는데
마른 방죽과 더럽게 축축한 사이로 해서
우리 눈은 잠겨 껄떡대는 사람들에게 둔 채

오른쪽에 높이 솟은 탑의 발아래 왔다.   130

---

1 지옥의 다른 혼들처럼 생전의 욕심과 분노를 제때 발하지 못하고 또는 함부로 발해서 억제 못 하면, 결국은 죽어서는 바로 그 자신들을 향한다는 비난이자 야유.
2 목구멍까지 꽉 찬 진창들 때문.

8곡

중부 제6지옥 '이단자들 죄 1'

  단테가 멀리 보이는 탑 아래 이르기까지 탑 위에서 불빛 오가는 신호 감지. 그때 화난 악마 프레기아스의 배가 도착. 단테가 타자, 물속에 배가 약간 잠김. 단테가 부당하게 지나친 분노는 예리한 분별이 필수라고 하니, 버질이 그 확실한 태도에 찬성. 한탄 소리 들리는 탑 아래 닿으니 디스 시, 고대 지하 세계 신의 이름. 버질이 그 탑들이 붉게 보인 건 도시 안이 항상 불타기 때문이라 설명. 시의 성벽 위에 천 명도 넘는 마귀들. 그것들이 버질은 와도 되나 단테는 가라고. 버질이 악마들과 협상에 실패. 버질이 단테를 위로하길 지옥문을 부숴버린 도움이 오는 중이라고.

  한 길로 급히 돌아가며 아직 그 높은
  탑 아래 이르기 전에 내가 언급한
  그 탑 꼭대기로 눈이 끌리는데

  누군가 두 개의 작은 불들을 거기서 비추자

또 다른 답이 오는데 그 신호는
멀리 떨어져 훨씬 작게 보였다.[1]

바다같이 넓고 선한 감각의 그에게 돌아서
"이게 무슨 뜻입니까? 다른 불은 무엇니까,
대답입니까? 신호를 보낸 자들은 누굽니까?"

그가 답하길 "이런 진창의 물결들 위로   10
네가 무엇을 기대할는지 벌써 볼 수 있다.
늪 안개가 네 눈에 이를 숨기지 않는다면."

활에서 쏜 여느 화살 못지않게
공중을 빠르게 다가오며 고함치는
아주 작은 배 하날 볼 수 있었는데

그 물결을 통해 우리에게 다가오며
노 젓는 유일한 사공이 쇳소릴 치길
"내 지금 널 잡았다, 이 사악한 혼아!"[2]

---

1 단테 시대에 이런 신호는 군대 활동을 암시했다.
2 뱃사공은 단테가 저주받은 혼이라 추측.

"오, 프레기야스[1], 프레기야스야, 낭비다.
네 숨결을" 스승이 말하길 "이런 경우엔   20
그저 우릴 늪 저쪽에 건네만 주면 된다."

어떤 잘못된 음모를 들킨 자가
상대에게 하듯 즉시 그 말에
프레기야스가 참패해서 말문이 막혔다.

내 지도자가 그 작은 배에 발을 디뎌
나도 뒤를 따르게 한다. 그러자 배가
좀 가라앉으니 내 무게가 실려서다.[2]

우린 다시 배를 함께 타고
오래된 뱃머리가 물결을 가르는데
평소보단 좀 깊이 물에 잠긴 채로다.   30

썩은 진창물을 통해 나아가는 동안
내 앞에 뻘을 뒤집어쓴 어떤 자가 일어나더니

---

1 그리스 신화 인물. 아폴로 손에 죽은 딸의 죽음에 복수하고자 델피의 아폴로 신전에 방화. 그가 이곳에 속한 건 불경하고 절제 못 하는 분노의 화신이기 때문.
2 버질은 무게 없는 혼이고 단테는 살았다는 비유.

묻길 "넌 누구냐? 네 시간 전에 여길 오다니."[1]

"난 여기" 내가 답하길 "오래 있지 않으니
그런 넌 누구기에 그렇게 더러운 게냐?"
그가 답하길 "넌 죄 때문에 우는 나를 본다."

내가 그에게 "후회의 눈물로 저주받는 혼이여,
넌 여기 머물러야만 한다.
네가 그토록 더럽더라도 누군지 아니까."

그가 두 손으로 뱃전을 잡으러 벌떡 일어서   40
내 조심스런 주인이 그를 밀쳐내며 말하길
"돌아가라, 다른 개들에게! 꺼져라! 가라!"

내 스승이 팔로 내 목을 감싸며 입 맞추고
말하길 "분개한 혼아, 너를 뱃속에 배고
너에게 젖을 빨린 자궁이 복 받았구나!"[2]

---

1 이 혼이 프레기야스보다 단테를 먼저 인식한 건 단테가 살아 있음을 알았기 때문.
2 눅11:27의 반향. 성서의 유명한 구절에 빗대서 성서를 전혀 모르는 버질이 그 범죄자의 모친을 비하하게 하는 단테의 기지.

세상에서 이 남자는 주제넘어
그 기억엔 전혀 착하고 친절한 행위가 없었다.
그래서 그 혼이 여기 잠겨 분노 중이다.

거기 그 위엔 지금 얼마나 자만한 자들이
어느 날 여기 진창 흙 돼지처럼 되려고   50
그들이 행한 저주만 남기고 떠날 터인가!

내가 답하길 "스승님, 나는 참으로
이런 진창에 잠긴 자를 알고 싶으니
우리가 이 호수 위로 여행을 마치기 전에요."

그가 "저쪽 강변이 시야에 오기 전에
네 열망은 채워지리니, 허락하는 건
네 그런 소원이 오직 옳기 때문이다."

그 혼이 다음 순간 곧 잡힌 걸 보았는데
내 원했던 대로 훨씬 많은 진창의 혼들에게다.
이에 대해 하나님께 여전히 감사.   60

"필리포 아르젠티다! 그를 잡아라!"[1] 그들 모두
말벌처럼 그 피렌체 혼에게 울부짖으며
그가 찢겨 그 안에서 먹혀 버리는 것을.

우린 아무 말 없이 그를 떠나는데
별안간 큰 애도 소리가 내 귀를 때려
두 눈을 크게 뜨고 앞을 응시하니

친절한 스승이 말하길 "자, 내 아들아,
디스[2]라고 알려진 도시 근처에 왔는데
이곳엔 무덤 속 시민들과 수비대가 있다."

"스승님." 내가 말하길 "벌써 내가 식별하니   70
골짜기 아래 모스크[3]가 꽤 선홍색이라
마치 최근에 불 속에 잠겼던 듯합니다."

그가 답하길 "불은 영원불멸로 타기에
그들이 시뻘건 뜨거움에 붉게 변해서

---

1 단테와 동시대 피렌체 인으로 쉽게 노함. 말의 발 덮개까지 은으로 만든 거만한 부자였다고.
2 지옥에서 단테가 여러 차례 이 이름을 사탄에게 사용.
3 도시의 탑들이 성벽 위로 솟아 있음. 회교 사원의 성탑 상징.

네가 본대로 그런 지옥 아래다."

마침내 깊은 도랑이 진 곳에 이르니
낙담한 도시 주위를 반지처럼 해자가 둘렀다
성벽들은 쇠로 지은 듯 보였다.

먼저 넓은 주위를 한번 돌아보다가
소란한 뱃사공이 있던 데로 오니 80
소리치길 "나가라! 여기 들어가려는 너희들."

내 보니 일천 명 이상이 위의 온 지역을
하늘에서[1] 비처럼 쏟아지며 화를 내며
알길 바라니 "아직 산 채인 이는 누구기에

이 죽은 자의 왕국을 지나는가?"
내 스승이 원하는 바를 보이려고 신호하며
그들과 말하러 약간 그쪽으로 갔다.

그들이 그들의 오만을 다소 누그리고

---

1 하늘에서 쫓겨 내려온 반역 천사들로서 악마들.

말하길 "너는 오고 그에겐 가라고 해라.
그가 이 경계로 들어오다니 뻔뻔하구나.　　　　　　　　90

그 미친 길을 찾아 돌아가게 해라.
이를 할 수 있다면! 네가 암흑 왕국을 그에게
안내할지라도 넌 여기 머무는 자니까."

독자들이여, 내 두려움을 상상해 보시길.
그들에게 그런 저주스런 말을 듣는 걸.
돌아가는 길을 결코 못 찾는다 생각했기에.

"오, 친절한 지도자여! 당신은 자주 내게
자신감을 주고 안전하게 잡아내어 길에서
마주한 위험에서 빠져나오게 하셨는데

부디 이 궁지에서 날 떠나지 마십시오."　　　　　　100
"우릴 더 이상 앞으로 못 가게 하면
그땐 우리 함께 당장 돌아갑시다!"

아직껏 나를 안내한 그가 답하길

"무서워할 필요 없다. 아무도 우릴 막지 못하니.
생각해라, 이를 우리에게 보증하신 그분을![1]

여기서 날 기다려라. 네 가슴을 가득 채우라.
선한 소망, 위안으로 영양을 주게. 내 너를
이 지하 세상에다 버리진 않을 테니."

친절한 안내자가 나를 떠나 잠시 앞서
가는데 나는 끔찍한 의문에 잠긴 채라서   110
승낙인가 아닌가, 머릿속 다툼뿐이다.

그가 말한 게 무언지 알아낼 수 없었으나
그다지 그들과 오래 있지 않았으니
그들 모두 안으로 달려 되돌아가서다.

우리의 적인 그들이 도시 문들을 쾅 닫으니
우리 스승 면전에서 밖에 혼자 남은 그가
돌아서 나를 향해 천천히 걸어왔다.

---

1 하나님.

그의 눈을 내리깔고 얼굴엔 아무 표정 없이
앞서의 자신감 없이 한숨 쉬며 말하길
"이들이 이 슬픈 장소에서 날 막다니!"   120

다음엔 나를 향해 "내가 당황해 보였다고
걱정하진 말길, 이 싸움에서 내가 이길 테니.
어떤 방해물이 그 안에 짜여 있더라도.

그들의 이런 무례함이 전혀 새로울 게 없다.
그들이 한적한 문을 보여주었으니[1]
그게 부서진 이후로 막지 않는 문이다.[2]

너는 그 문도, 거기 죽음의 말도 보았다.[3]
벌써 그 안에서 지옥을 내려가는 중이고
둘레에서 둘레를 통하며 아무 안내 없어도[4]

우릴 위해 길을 열어줄 누군가가 있다."   130

---

1 지옥의 입구. 지옥3곡의 시작과 유사.
2 '지옥의 정복'에서 그리스도에 의해. 지옥4곡 46-63구절과 주 참조.
3 지옥 입구 문 위에 있던 비문.
4 지옥 여행길의 방해물 통과.

9곡

중부 제6지옥 '이단자들 죄 2'

　단테가 디스 시 성 밖에서 긴장, 공포심을 고조하여 인간 이성의 화신인 버질이 당황한 듯 비침. 단테의 두려움을 버질이 위로. 난데없는 복수의 세 여신과 메두사까지 나타나 단테 혼비백산. 버질이 두 손으로 단테의 눈을 가린다. 와중에 바람 같은 전령이 늪지로 온다. 저주받은 혼들이 그 천사 접근에 도망. 전령인 천사가 작은 지팡이로 디스 시 문 열며 악마들을 꾸중. 디스 시 진입. 그 안에 들어서니 뻗어나간 들판(여섯째 둘레)에 기념비의 무덤들로 가득. 큰 무덤 뚜껑들 열린 속은 시뻘건 화염, 울부짖는 혼들 가득. 생전에 이교를 신봉한 징벌이다.

내가 겁나서 안색을 잃은 것은
내 지도자가 돌아서 천천히 오는 내내
별다르게 창백함을 숨긴 듯이 보여서다.

그가 열렬한 청중처럼 한숨 쉬듯 하고
거리가 좀 멀어 잘 보이진 않으나

짙은 안개와 몽매한 분위기 때문 같기도.

"질문할 것 없다. 우리는 싸움에서 이길 테니."
"아니면 누구의 중재인가 생각해 봐라.
너무 늦게 떠나는 게 좀 걱정일 뿐이니!"

그가 분명 뭔가 숨기려는 듯 보이는데 10
처음 말하려 한 게 난처하여 다른
뜻으로 말하려는 게 아닌가 싶다.

공포심이 솟아 말을 못 한 게 아닌지
내가 들은 그 짧은 몇 마디가
이를 견뎌야 할 더 나쁜 의미일 수도.

"제일 높은 둘레에서 이 깊은 구덩이로
소망의 결함과 오직 고통뿐인 이들에게
일찍이 누군가 온 적 있습니까?"[1]

내 질문에 그가 답하길 "이는 우리 중에서도

---

1 단테가 버질의 지옥의 상식에 의문 제기. 지옥의 전설, 신화가 무궁하기 때문. 단테의 지옥은 단테가 자신의 기독 신앙 바탕으로 빚어낸 상상의 세계.

어느 누구에게나 극히 드문 일인데   20
지금 내가 가는 길 위에 일어났으니

사실은 이렇다. 내 여기 있기 전에
무자비한 에릭토의 주술 아래 있을 때[1]
그가 죽은 자들의 혼을 부르는 자였다.

내 육신이 혼에서 떠나지 않았을 때
그녀가 나를 이 도시로 보내기 전에
지옥 깊은 데서 영 하나를 끌어냈다.[2]

모든 데서 가장 낮고 어두운 장소로서
원동체로부터 가장 먼 데다.[3]
다시 말하면 거기 가는 길을 나는 잘 안다.   30

이런 악취를 내는 안개로써 숨 쉬는 이 늪이
기쁨 없는 도시 주위를 싸고 도는 길이기에
지금 반대로 들어갈 순 없다."

---

1 신화의 데살로니가 마녀.
2 유데카, 유다, 이스가롯이 있다.
3 원동천, 하나님께 가장 가까운 행성의 하늘. 다른 행성들을 돌아가게 한다.

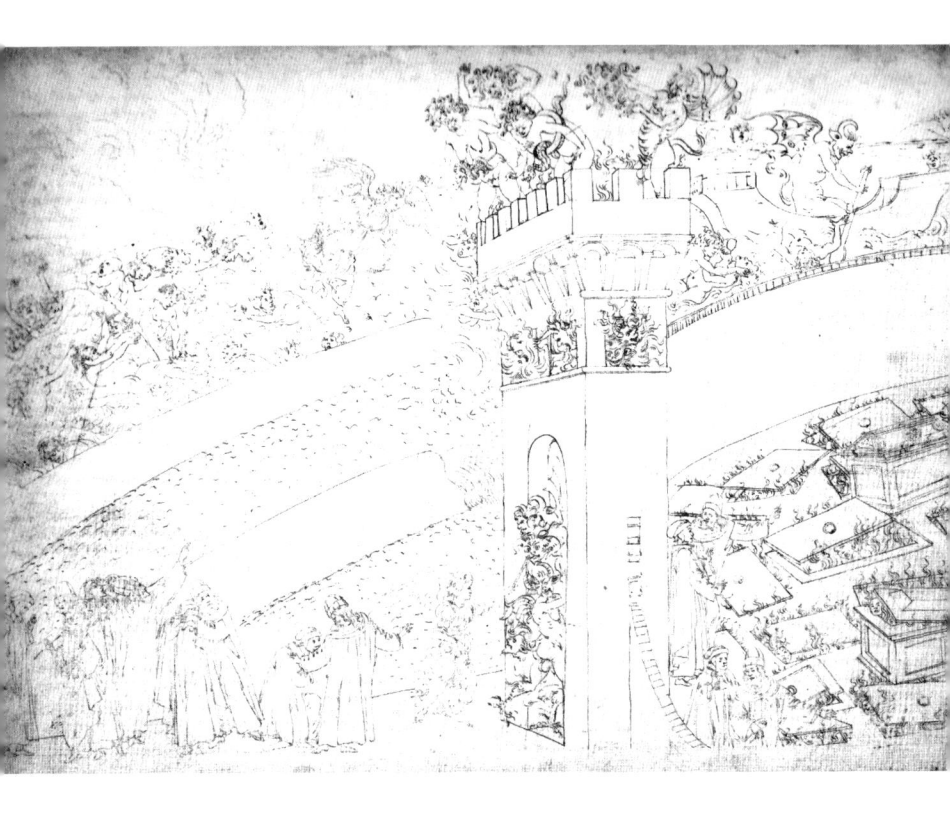

그가 더 말했으나 기억할 수 없다.
그때 내 시선을 잡아끈 빨갛게 타는
높은 탑이 보이며 눈앞에 별안간

복수의 여신 셋이 나타나 끔찍한
피투성이로 위에 서 있어서다.
그들은 여자로 보이나 그들 방식대로

연두색 히드라 뱀들로써 꼰 허리띠를 두르고 40
가는 뱀들과 뿔이 둘 달린 뱀들의 머리카락이
그 사나운 머리들을 둘러싸 서로 엉켜 있었다.

그런 옛것들, 영원한 비애의 여왕의 종들인
그들을 내가 인식한 걸 본 그가 말하길,
"봐라! 저 분노한 에리니에스를!

왼쪽이 메게라이고 오른쪽에서 우는
하나가 알렉토, 그 둘 사이엔 티시폰."
그것이 다다.

그들이 손톱으로 가슴을 찢으며 할퀴고
자신들을 때렸다. 그들 비명이 너무 커서   50
난 겁에 질려 시인에게 매달렸다.

"메두사가[1] 있다면 그가 돌로 변할 텐데."
그들 셋이 우릴 내려다보며 말하기를
"테세우스의 도전 땐 우리 또한 사람이었다."[2]

"지금 오른쪽으로 돌고 네 눈을 꼭 감아라.
골곤이 왔을 때 그녀를 네가 보면
세상 빛으로 돌아갈 길이 전혀 없을 수도."

이렇게 말하며 나를 돌려세워
내 두 손을 썼으나 흡족치 않은지
그의 손으로도 내 눈을 덮었다.   60

건전한 마음, 충분한 감각의 당신들이여,
여기 숨은 깊은 의미들에 주목하시오.
이상한 사건들을 말하는 가려진 구절들을.

---

1 보는 자를 돌로 만드는 괴물, 절망을 상징.
2 테세우스가 페르세포네를 납치하려다 지하 세계에서 잡히나 죽지 않음. 헤라클레스에게 구조.

그러자 곧장 진창물을 건너는 큰 소음이
울려 퍼지며 되울리는데 그리도 두려워
그 강둑이 흔들리고 떨게 하였다.

확실히 바람이 만든 소리 같은데
따듯한 역풍에 몰리고 유혹 당한 바람이
그 숲을 때리지만 아무것도 이에 맞서지

못하여 가지들이 부러지고 날아가서   70
먼지구름을 따라 자랑스레 휩쓸리면
들짐승들 양치기들도 돌아서서 도망간다.

그가 손을 치우고 "자, 지금 실컷 봐라.
선사 이전의 거품이나 찌끼를 가로지르는
가장 짙고 더러운 안개에 싸인 저기를."

그들의 적인 뱀에게 겁먹은 개구리들처럼
그 물결을 헤치며 잽싸게 퇴각하느라
한 덩어리로 뭉쳐 땅 위에 쌓인 듯 보여

그렇게 죽은 자들 무리가 도망친 후에
스틱스 늪 위를 건너 한 사람이 오는데   80
그의 발은 아주 마른 채로다.

그는 끈적끈적한 공기를 때때로
얼굴에서 왼손으로 닦아내었는데
오직 그것만이 그를 걱정시키는 듯했다.

하늘에서 내려온 분임을 전혀 의심 않는
내가 주인을 바라보니
조용히 숙여 절을 하란 신호를 보낸다.

그가 얼마나 고압적으로 보이는지!
그가 그 문에 이르러 작은 지팡이로
문을 열자 그 앞엔 아무도 없었다.   90

"오, 너희는 하늘에서 내쫓긴 초라한 족속들."
그 문간에서 그가 말하니 "너희 종자들의
이러한 무례는 도대체 무어냐?

왜 너흰 다시 반항하며 공연히 상처 받느냐?
그런 속내가 이 끝에서 달리 나온 게 아닐 테고
그도 한 번 이상이나 너희 고통만 커질 뿐이다.[1]

왜 너희 머릴 운명의 벽에 부딪느냐?
기억해라, 케르베로스가 너희 자신이니
여전히 턱과 목구멍이 육신을 도려낸다."[2]

다음에 그가 그 더러운 길을 돌아가며   100
우리에겐 아무 말 없이 누군가를 보는데
다른 자들에게 삼켜진 어떤 자들로[3]

거기 앞에 섰던 자들보다 먼저 있던 자들이다.
그리하여 우린 그 도시로 들어섰다,
그의 거룩한 말이 있은 후라 우린 안전했다.

그 안으로 들어가는데 아무런 다툼이 없었다.
그래서 그 안을 둘러보고 싶은 갈망에 나는

---

1 테세우스, 헤라클레스 신화의 지하 세계보다는 그리스도가 언급한 지옥을 비교해서 생각해보란 의미.
2 케르베로스가 그에게 반대하자 헤라클레스가 그를 사슬로 묶어 끌어내버림.
3 그의 소원은 하늘로 되돌아가거나 혹은 그의 다음 임무에 관한 생각일 거다.

어떤 종류의 것들이 이런 요새에 갇혀 있는가.

내 눈으로 주위를 둘러보러 일단 들어가
서 보니 온 사방이 시골 같은데
애통과 무자비한 고통의 지역이었다.　　　　　　　　110

론강이 침체한 장소인 아를레처럼,
또는 콰르네로가 있는 근처 폴라처럼
이탈리아를 구별해서 씻는 데처럼

석관들로 땅바닥이 울퉁불퉁한데 그들이
여길 그렇게 만든 손길이기에 예외라곤
그 주변들이 훨씬 더 참혹하단 거다.

왜냐하면 여기저기 무덤들 사이로 불과 화염이
산재해서 무덤마다 그리 뜨겁게 달아올라
대장장이가 달군 쇠보다 더 뜨거운 듯하다.　　　　　　　　120

모든 무덤 뚜껑들이 열려 거꾸로 서서
거기서 그처럼 무시무시한 통곡이 들리니
오직 끔찍한 고문에서만 나오는 소리다.

내 묻길 "스승님, 말해주세요. 이들이 누군지,
어째서 이런 기념비 무덤들 안에 누워 쉬는 자들이
우리로 하여금 자신들의 비탄의 한숨을 듣게 만드는지요?"

그가 말하길 "이교 창시자들과 그 추종자들로
각 종파가 여기 있다. 그리고 네 생각보단
훨씬 많은 자들이 이런 석관 속에 있다.

모든 각 종파들이 무덤에 갇힌 것처럼   130
그 기념비들처럼 다양하고 뜨겁다."[1]
우린 계속 가서 오른쪽으로 돌아

뜨거운 고문의 전쟁터 틈새로 갔다.

---

1 뜨거움의 정도가 이교도의 정도에 따라 다름. 이에 대한 형벌이 화형임을 상징.

10곡

중부 제6지옥 '이단자들 죄 3'

버질과 단테가 '혼과 몸이 다 죽는다.'고 주장한 이교 교단들을 가둔 지옥에 도착. 혼들 중 하나가 단테에게 대화 간청. 그에게 단테가 반박. 단테의 친구 부친이 자신의 아들 안부 질문. 버질이 독촉하며 프레데릭 2세와 추기경들 혼도 있다고 귀띔. 미래 걱정하는 단테에게 베아트리체를 만나면 삶의 목표와 과정이 밝혀진다고 버질이 위로. 험한 일곱째 둘레로 내려가는 골짜기로 향한다.

우리가 좁다란 숨겨진 길을 지나는데
성벽들과 고문 받는 사람들 사이라서
안내자가 먼저고 내가 뒤를 따른다.

"오, 나를 데려가는 가장 덕스러운 분이여!
신성 모독죄 둘레를 가는 동안 최선의 생각으로
내가 알기 원하는 바를 말해 주십시오.

모두 이렇게 누운 석관들 속에
무슨 볼 게 있나요? 열린 뚜껑들을 보니
거긴 아무 경비도 없습니다."

그가 말하길 "여호사밧이 위의 세계에서　　　　　　　10
그들 육신을[1] 여기 이리로 데려올 때[2]
석관들 모두가 봉해질 거다.

이 지역은 이런 자들의 장례지인데
에피쿠로스[3]와 그의 모든 추종자들로
몸이 죽으면 혼도 죽는다고 말한 자들이다.

지금 네가 내게 가진 질문들은
그 대답을 이 둘레에서 금세 찾을 테니
네가 숨긴 그 열망대로다."[4]

내가 답하길 "친절한 안내자여, 이 과묵은

---

1 죽은 자의 혼들.
2 심판의 날에 죽은 자의 모든 혼들이 그들 육신과 다시 결합할 거다. 요엘3:2를 보면, "나는 또한 모든 기업인 이스라엘을 모아서 그들을 여호사밧 골짜기 아래로 데려올 것이다…"
3 그리스 철학자(341-270 B.C.). 그의 철학 본질은 유물론.
4 화리나타를 보려는 단테의 소원.

내 혀가 이끈 바람에 그저 나온 거니 20
당신이 여러 차례 훈계한 바입니다."

"오, 이 불의 땅을 걷는 투스칸 사람들이여,
살아 있는 채 더구나 그런 경건한 말을 하며
당신들께 청하노니 잠시 여기서 쉬기를.

당신들 대화 방식에서 분명한 게
당신이 고귀한 그 도시 출신이고
거기선 나의 평판이 꽤 나쁠 겁니다."

이런 소리가 별안간 안에서 나오는데
석관들 중의 하나라서 공포심으로
안내자 옆으로 바짝 난 다가섰다. 30

그가 말하길 "주위를 봐라! 왜 놀라느냐?
저길 봐라, 화리나타가 일어나니까
허리 위부터는 다 볼 수 있구나."[1]

---

1 화리나타 디 우베르티(단테 탄생 일 년 전쯤 사망)는 피렌체의 기벨린 당파 당수.

난 벌써 그의 눈과 마주쳤고 그러는 동안
그가 가슴을 펴며 머리를 높이 드는데
지옥을 무척 경멸하는 듯하다.

잽싼 손을 가진 내 지도자가 빠르게
무덤들 사이로 나를 화리나타에게로 밀며
말하길 "말하기 전에 신중을 기해라."

내가 그 석관에 이른 그때 그가 잠시   40
날 보더니 다음엔 약간 자랑스럽게
질문하길 "네 조상들이 무엇을 했느냐?"

잔뜩 긴장한 내가 답하길 하나도
숨기지 않고 모든 걸 확실히 말했다.
그가 듣고 나자 눈썹을 좀 치뜨고는

말하길 "그들이 그토록 야만스레 내 관대함과
내 당파에 반대를 해서 내가 그들을
흩어지게 해야만 했다. 두 차례나!"[1]

---

1 겔프는 피렌체에서 1248년과 1260년 쫓겨남.

내 답하길 "그렇다, 흩어졌으나 다들 돌아왔다.
두 번씩이나! 이런 기술은 일찍이   50
너희 당이 결코 배우지 못한 거다!"¹

그때 가까이 또 다른 혼이 일어나는데²
이는 턱 아래까지만 볼 수 있었다.
그가 무릎까진 서야 한다고 난 생각했다.

그가 사방을 둘러보니 마치 그가 정말 바란,
내 친구인 누군가를 찾으려는 듯이
그리고 완전히 실망했을 때

그가 눈물로 말하길 "네 지성의 덕으로
이 맹목의 지옥을 밟을 수 있다면 내 아들이
어디 있느냐? 왜 그는 지금 네 옆에 없느냐?"   60

내가 그에게 "나의 강함은 나의 것이 아니며
저기서 나를 기다리는 분이 안내하는데

---

1 기벨린이 결국은 패했다.
2 카발칸티로서 피렌체 겔프당이자 단테의 친한 친구 시인 귀도 카발칸티의 부친. 부자 모두 이교도였다는 평판.

당신의 귀도가 경멸할 분입니다."[1]

그의 말투, 그가 받는 고문 방식으로
곧 그가 누구인지 알았기에
대답을 그렇게 하여야만 했다.

그가 울기 시작하며 "뭐라고 말했느냐?
'경멸을 느낀다고?' 아직 살아 있지 않으냐?
그가 더 이상 대낮의 빛을 못 본단 말이냐?"[2]

잠깐 뜸을 들이더니 그가 아는 질문에   70
대답한 나의 말에서 알아내더니
뒤로 넘어져 다신 나타나지 않았다.

다른 위대한 혼이 요구한 데서 내 말이
중지되었으나 그가 조금도 변함없이
얼굴을 돌리거나 숙이지도 않은 채

벌써 말한 것들에 덧붙이길 "만일 그들이

---

1 버질.
2 단테가 설명하듯, 귀도 카발칸티가 그땐 살아 있었으나 그해 8월 죽었다.

정확한 기술 배우기에 실패했다면
이 침상보단 훨씬 더 큰 고문일 테다.

아직 여길 다스리는 쉰 번째 여왕이
그녀 얼굴이 다시 불타는 걸 보기 전에[1]   80
그걸 배울 기술이 얼마나 힘든지 넌 알리라.[2]

부디 네가 세상에 돌아가기 전에 말해 다오.
그 도시 시민들이 왜 그리도 야만스레
그들의 모든 법으로 내 가문에 대드는 거냐?"

내가 그에게 "그 흔적을 남긴 학살이
알비아 강을 붉게 물들게 해서,
이런 기도들을 하게 만들어서다."

그가 한숨 쉬고 고개를 흔들며 "너는 내가
거기 거의 혼자였던 걸 안다. 혹은 다른 자들이
이유 없이 합류했을지도 모른다.   90

---

[1] 페르세포네는 플루토의 아내로 달로 간주. 화리나타가 하는 예언은 쉰 번째 보름달이 차기 전이란 뜻.
[2] 단테의 피렌체 추방 암시, 신곡에서 자주 참조.

거기 엠폴리[1]에서도 나 하나였으며
피렌체 멸망에 모두 동의할 때
그 얼굴에 대항한 자는 오직 나 혼자였다."

"그러니 부디 당신 후손들이 결국 쉬게 되길."
내가 그에게 "부디 엉킨 매듭을 풀어주길,
이 의심이 내 마음 깊이 비틀어져 있으니.

내 바로 들었다면 당신이 앞날을 보니
시간의 과정에 가져온 게 그렇더라도
꼭 같이 나타나진 않습니다."

"우린 앞을 멀리 보는 사람처럼 사물을 보는데"   100
그가 답하길 "그게 우리에게서 떨어져 있어도.
최상의 주께서 많은 빛을 아직 주신다.

사물들이 가까이 올 때 우리 마음은 꽤나
텅 비어서 우리에게 말을 건네지 않으면
우린 너희 인간이 누군지 모른다.

---

1 피렌체에서 20마일 떨어진 마을로 몬타페르티에서 승리를 거둔 다음에 그들 투스칸 사람들인 기벨린당이 피렌체의 운명을 결정하러 만난 장소.

그러므로 우린 말할 수 없으니
순간에 오는 지식이나 이해심 없이는
미래로 가는 문은 닫혀 있다."[1]

내 일찍 대답을 주지 않은 데 죄책감을
느껴 "말해주오, 그 오뇌하는 혼에게[2]   110
그의 아들[3]이 아직 산 자들 사이에 있다고."

나는 전처럼 천천히 그에게
"말해주오, 당신이 내게 풀어준 문제를
생각하기를 거듭하느라 그랬노라고."

내 주인이 내가 오길 바라고 있어서
그 영에게 재빨리 청하길 그와 함께
무덤에 갇힌 자들 이름을 알려달라고.

그가 말하길 "여기 수천 명도 더 누워 있다.

---

1 심판 날, 영원히 비탄에 젖을 때.
2 카바르칸테 데 카바르칸티.
3 귀도 카바르칸티.

내 무덤에만 프레데릭 2세가 있고[1]
그 추기경[2]이 있다. 다른 자들 이름은 삼가겠다."   120

그러며 자신을 숨겨버렸다. 나는 돌아서
옛 시인에게 돌아가며 생각을 거듭하니
불행을 예언한 듯이 보인 말들에 관해서다.

그가 떠나 걷기 시작하며 말하길,
"네가 왜 그리 혼란한지 알고 싶구나."
나는 그가 이해한 걸 확실히 깨달았다.

"네가 들은, 너를 근심하게 한 모든 걸
기억해라." 그 현명한 분의 충고였다.
"내 말을 명심해라!" 그가 손을 올려 말하길

"네가 사랑스런 눈으로 모든 걸 보는   130
그녀의 광채 속에 서게 될 때
네 인생 과정을 그녀를 통해 알게 될 거다."

---

1 신성 로마 제국 황제 프레데릭 2세(1220-50), 정교 분리 주장하며 막강한 교황권과 투쟁한 용감한 군주.
2 추기경 오타비아노 우발디니(1273)의 주요한 말, '내 말할 수 있으니, 혼이 있다면 황제 당을 위해 내 마음을 뺏겼다'고.

그가 발길을 왼쪽으로 돌려
그 벽에서 그 둘레 가운데로 향하며
그 끝 골짜기로 난 길을 따라갔다.

거기까지 골짜기 악취가 풍겨왔다.

11곡

중부 제7지옥 '폭력 죄'

버질과 단테가 지옥 안을 보니 더 많은 혼들. 악취가 심해 한 교황의 거대한 무덤 뒤에서 휴식. 버질이 지옥 전체 윤곽과 죄의 종류 설명. 그들이 내려갈, 폭력 죄의 일곱째 지옥. 더 깊은 여덟째는 사기죄. 가장 깊은 아홉째 지옥은 배신 죄. 죄의 질과 그 죄들의 분류 근거는 성서에 열거한 죄들을 종합해서 정함. 단테의 신앙, 종교, 철학, 정치, 사회, 과학, 문학, 예술에 심취한 그의 지성의 결정체가 신곡.

높이 경사진 가장자리에 서서
크게 부서진 바위투성이의 둥근 둘레를
내려다보니 죄수들이 무참히 쟁여 있다.

지독히 고약한 냄새가
그 깊은 지옥에서 올라오기에
관 뚜껑 뒤로 우린 물러섰는데

굉장한 무덤으로 거기 쓴 비문을 보니,
"여기의 교황 아나스타시우스가 폰티누스를
곧고 좁은 길에서 설득했던 자다."[1]

"아래로 내려가기 전 좀 머물자,   10
우리 코가 불결한 이 공기에 다소
익숙해져야 이를 견딜 수 있겠으니."

스승이 그리 말해 내가 "그럼 시간
허비 않게 무슨 벌충을 해주세요."
그가 말하길 "내 맘에 벌써 그게 왔다.

내 아들아, 이 무너진 돌들의 띠 안에는
세 개의 작은 원들이[2] 있고
방금 떠난 데처럼 항상 아래로만 내려간다.

거긴 모두 저주받은 영들로 가득하다.
네가 그들을 보았을 때 이해하려면   20

---

1 교황 아나스타시우스. 496-98 재위. 가톨릭 부제 폰티우스에게 그리스도 성탄 기원을 부인.
2 지옥은 아홉의 원(둘레)으로 이루어져서 한 둘레씩 둥글게 돌아서 지하로 깊이 내려가며 점점 좁아진다.

왜 그들이 그런 데 있는가를 들어라.

하나님의 미움을 사는 죄마다
마지막은 불의인데 그런 모든 불의마다
누군가에게 폭력을 쓰고 속이고 해친다.

더구나 속임수란 사람들에게 특별해서
하나님께서 더욱 근심하신다. 사기죄는
더 아래 낮은 데서 더 심한 고통을 받는다.

이 아래 첫 번 둘레가 속한 데는 폭력,
폭력의 힘을 세 겹으로 나누어 둘러서
반지 모양으로 셋이 모인다. 30

하나님께서 사람들이 자신과 이웃에게 힘을
쓰게 하시는데 그들과 그들이 소유한 거다.
내 의도를 좀 더 충분히 말해주마.

난폭한 죽음이나 끔찍한 상흔들이 이웃에게
영향을 끼치면 그들의 물건들을 갖고자
파멸, 방화, 강탈, 도적질하게 한다.

살인자들, 죄 짓는 데 힘을 쓴 모든 자들,
부정 취득자들과 강탈자들이 고문 받으며
첫 번째 고리 안에서 다른 벌들을 받는다.

폭력에 손을 댄 사람은 그 자신이나   40
자신의 소유에 이를 행사할 수 있다. 그래서
그다음 원 안에서 속절없이 회개하며

윗 세상에서 자신을 스스로 저버린 자들과
자신의 재산을 노름에 탕진한 자들이
그 기쁜 장소에서 비탄에 눕는다.

힘을 쓸 수 있는 자가 이로써 하나님께 대항해
몰래 하나님을 부인하며 불경·모독하거나
자연과 그 풍성함을 저주한 자들은

세 고리들 중 가장 작은 고리에다 가두는데 소돔,
카홀[1]사람들은 물론, 맘속에 하나님을 저주하고   50
모독한 자들까지 죄다 봉해 놓았다.

---

[1] 소돔은 "들판의 도시들"(창19:29) 중 하나로 하나님께 멸망. 소도미라는 이름은 동성애자. 카홀은 남프랑스의 한 도시로 사채업으로 악명 높음.

이제 사기의 순서인데 양심이 관통된 자들로서[1]
협잡꾼들을 믿거나 그들처럼 행동하거나
그 외엔 그 무엇도 믿을 바가 없던 자들이다.

분명 이 나중 걸 쉬이 알려면
우리 본능에 얽매인 유대감뿐이다.[2] 고로
우리 아래 두 번째 원에 있는[3] 자들은

위선자들, 아첨하는 자들, 점쟁이들이
둥지를 틀며 조폐범, 도적, 성직 매매,
뚜쟁이, 관직 매매자들 같은 불량배들이다.   60

그런 다른 종류의[4] 사기는 따라서
바른 사랑에 의한 게 아닌 특별히 신임하는 자를
배신한 사랑에 덧붙을 따름.

그래서 최고로 가장 작은 원[5] 속에

---

1 사기를 행한 자들은 양심과 이성의 일치를 벗어난 탐욕의 본능에만 얽매인 자들.
2 서로를 위한 사랑이 인간의 천성, 사람은 자연히 사회적 동물이기 때문이다.
3 지옥 전체에서 여덟째 원.
4 사기죄는 우리를 신뢰하는 특별한 이유(가까운 관계)를 가진 사람들을 향해 저지르기 때문이다.
5 아홉째로 마지막.

모든 우주의 중심인 디스가 자리 잡고
배신자들 모두를 영원히 소진하는 중이다."

내가 "주인님, 당신의 논리는 치밀해서
이 지옥에 잡혀 있는 사람들에 관해
아주 주의 깊게 분별하시는군요.

이제 말해주세요. 그 진창 늪에 있던 자들,   70
바람에 날리던 자들, 내리는 비에 매 맞던 자들,
그렇게 심하게 격론하던 자들[1]과 달리

어째 이 도시[2]에만 대화재가 있었는가를
하나님께서 지켜우시면 그들도 벌 받지 않습니까?
아니면 왜 그들만 그런 식으로 괴롭힙니까?"

그가 답하길 "왜 너의 이성은 그리도
이 이상한 과정에 익숙해지지 못하느냐?
혹시 다른 방침[3]으로 벗어난 게냐?

---

1 마지막 3행에서 버질이 실제로 참고한 분노한 자(지옥7과 8곡), 정욕(5곡), 탐식(6곡), 욕심과 낭비(7곡).
2 디스 시.
3 죄의 유무를 가르는 기준과 그 유죄의 정도 구별을 그가 잊었겠는가 하는 단테의 해학. 스토익학파는 모든 잘못이 유죄란 관점 수용.

넌 그때 무슨 말을 했는지 분명
윤리학에서[1] 자세한 세 가지 80
구분들로서 하나님께 반대하는 건

무절제와 무자비 그리고 미친 폭력이
아니었더냐? 어째서 무절제가 하나님께
보다 덜 거역이고 덜 비난을 받는가?

네가 무엇을 들었는지 잘 생각하면
그때 그들이 누구인가를 기억하면
저 위의 밖에서 벌로 고통받는 자들을[2]

네가 명확히 보리니, 그들만 따로 이런 악한
혼들에서 벗어난 까닭을, 하나님의 분노로
그들을 정말 때리시나 그리 심한 게 아님을." 90

"오, 근심의 구름을 걷어낸 태양 같은 분이여,
당신 답변들에서 만족한 지식으로

---

1 아리스토텔레스의 니코마코스 윤리학. 단테가 이를 크게 참고하여 성서 관점으로 치밀하게 지옥 죄의 높낮이를 구성.
2 처음의 다섯 원들은 무절제의 죄들, 디스 시의 외곽인 상부 지옥에 속한다.

크게 기뻐서 의심이 걷힙니다. 내려갑시다."

내가 말하길 "좀 더 그 지점으로 당신이
고리대금업이 비열하다고 한 데이니
하나님의 선함으로 그 매듭을 풀어주세요."

그가 말하길 "이해하는 한 사람을 위하여
철학이 지적하니 오직 한 과정만 아니라
자연이 하는 일을 이루는 방식이

거룩한 지성과 예술을 닮았다.   100
그때 네가 물리학[1]을 조심스레 읽었다면
이 주의점을 찾을 테니 시작에서 꽤 가깝다.

인간 기술이 이를 따를 만큼 근사하게 일하여
자연을 따라서 마치 아이가 선생을 따르듯 하니
너희 기술을 하나님의 손자라고 말한다.

그러니 이들 둘에서 그 시작을 기억해라.

---

1 아리스토텔레스의 물리학.

인류가 창세기를[1] 따름은 세상에서
이 길을 이루며 살아가야만 해서다.

고리대금업자의 방식은 그게 아니다
이는 자연과 자연의 학습을 무시한다.　　　　　　110
열심히 일하는 사람은 어디엔가 희망을 둔다.[2]

지금은 나를 따르라, 내 생각엔 이게 최상이다.
물고기좌[3]가 지평선에 반짝이며
북두칠성[4]이 그 서북으로 자리했다.

이젠 우리가 내려갈 자리다.[5]

---

1 '주 하나님께서 그를 택하시어 에덴동산에서 이를 거두라고 두셨다'(창2:15), '네 얼굴의 땀으로서 너는 빵을 먹어야만 한다.'(창3:19)
2 고리대금업의 본질이 신성한 생산이 없는, '노동하지 않음'이다.
3 별자리로 시각을 가리킴.
4 작은곰자리, 큰곰자리 항성.
5 일곱째 원으로.

12곡

중부 제7지옥, 1 '대량 학살자들의 죄'

일곱째 원인, 폭력 죄의 첫 둘레 길 진입. 산사태가 일어난 길. 경비 미노타우로스가 그들 도착에 분노, 그 괴수 눈이 돌 정도의 격분 일으켜 피함. 끓는 피의 강 프레게톤 도착. 강둑에서 켄타우로스들이 수면에 떠오르는 저주받은 혼들에게 활을 쏜다. 폭력을 저지른 자들의 죄의 경중에 따라 강의 깊이 다름. 켄타우로스들의 지도자 키론이 버질에게 복종. 그의 무리 중 하나인 네서스가 강의 여울목까지 단테를 태워 안내. 네서스가 죄수들의 벌 받는 방식과 그런 혼들을 설명 후 여울목에 내려줌. 인성과 수성의 켄타우로스로서 역사상 숱한 전쟁범들 겨냥.

아래로 가는 여행을 위해 우리가 간 곳은
바위들로 뒤덮여, 어떤 무언가가
누군가의 눈길을 피하려는 데와 같다.[1]

---

1 음침하고 험해서 남몰래 비열한 짓하기 좋은 곳이란 은유.

트렌트 옆의 산사태처럼 무너진 게
아디지 강 왼쪽 강둑 위의 잘못된
받침대가 무너진 듯하다.

산꼭대기에서 평야까지 흘러내린
바위들이 흩어져 그리도 높이 쌓여
한 걸음씩만 딛고 거길 내려가야 하는데

그게 구덩이 속으로 가는 길이다.　　　　　　　　10
부서진 깊은 구렁의 맨 가장자리 위에
크레테의 파렴치가 사지를 펼쳐 누웠으니

소처럼 생긴 우리 속에서 생겨난 자였다.[1]
우리가 눈에 띄자 그가 자신을 때리기를
속으로 분노를 삭이는 사람처럼 한다.

현자가 그를 불러 말하길 "말할 수 있느냐?
네가 믿은 그가 아테네 공작[2]인데 그 손으로
네가 저 위 세상에서 죽었노라고.

1　미노타우로스는 반인반수. 크레타 미노스왕의 아내인 파시파에와 황소 사이에 생긴 괴수.
2　테세우스.

못하지! 비켜라! 이 사람이 여기 온 건
네 누이의 교묘한 지시 아래가 아니라[1]   20
네가 견디는 고문들을 관찰하려는 거다."

소 굴레를 부순 소처럼
치명적인 타격을 받은 순간처럼
걸을 수 없는 궁지에 빠져드니

내가 본 미노타우로스가 그랬다.
잽싸게 내 안내자가 외치길 "길을 가자,
그가 분노해 있는 동안 넌 잘 내려갈 수 있다."

그렇게 우리 길을 만들었다. 내 발아래
바위들과 돌들이 자주 움직였는데
거기 익숙하지 않은 내 무게 때문이다.[2]   30

가면서 생각에 잠겼다. 그가 말하길 "너는
위에서 본 떨어진 돌들을 생각할 텐데

---

1 테세우스가 그를 사랑한 공주 아리아드네에게서 칼과 미궁에서 돌아 나올 실타래를 받고 그 괴수를 죽인 후에 나왔다.
2 단테가 살아 있음을 반복해서 강조.

내가 통제한 화난 그 괴수 때문이라고.

이제 알려 주마. 내가 처음 여기 하계
지옥 속에[1] 내려왔을 땐 이 거대한
바위들이 굴러 내리진 않았다.

내 기억이 틀리지 않다면 그 얼마 후에
가장 높은 원에서 디스 시 영광의
전리품을[2] 데려간 그분이 오시기 직전에

이 깊고 사방이 더러운 구덩이가   40
그리 심히 떨려서 난 우주가 사랑을 느껴서
그로 인해 가끔 돌아간다고 누구나 믿듯이

대혼란이 다시 온 거라고 생각했다.
바로 그때 이 고대의 거대한 바위들이
이처럼 여기저기 아무 데나 굴러 내렸다.[3]

1　지옥9곡 22-27.
2　십자가 사건 직후에 생긴 일.
3　십자가 사건에 따른 지진. 이를 버질답게 비유.

저 아래를 주의 깊이 봐라, 우린 곧
피의 시냇물 곁으로 가리니 거긴 폭력으로
다른 사람들을 해친 자들이 끓고 있다."

오, 맹목의 탐욕과 몰상식한 분노가
우리 짧은 인생을 자극해 이런   50
이런 번민 속에 영원히 잠기게 하다니!

넓은 곡선 안으로 굽어진 구덩이를 보니
둥글게 돌면서 전체가 평평하였다.
바로 방금 전 내 안내자가 말한 대로다.

그 가파른 비탈 사이를 달리는 걸 보니
활과 화살로 무장한 켄타우로스[1] 대열이
저 위의 세상에서처럼 사냥을 하고 있다.

우리가 내려가자 그들이 거기에 멈춰 서서
그들 중 셋이 대열을 깨고 우리를 응시하며
그들의 활과 화살을 들더니 겨냥을 했다.   60

---

1 인성과 수성 양면에 순응하는 피조물인 켄타우로스들로서 폭력의 원에 배치.

하나가 먼 데서 외쳤다 "내게 말하라.
무슨 죄로 경사지를 내려오는지,
어디서 오는지 말해라. 시위를 당기겠다."

내 주인이 말하길 "키론에게 대답을 하마.
우리를 그에게 데려가면. 너는 항상
네 자신만의 선을 위해 너무 빨랐다."

그러면서 내게 주의를 주길, "저게 네소스니,
사랑스런 데이아니라 때문에 자신이
죽어가면서도 복수를 했던 자다.[1]

그 가운데 머리 위로 활을 든 큰 자가   70
위대한 키론인데 아킬레스의 경비원이다.
다른 자는 폴루스로, 나쁜 피로 유명하다.[2]

그들 수천이 냇가를 달리며 활을 쏘는데
어떤 죄인의 혼이 자신의 몫을 넘어

---

1 데이아니라를 겁탈하려 해서 그 남편 헤라클레스에게 죽음. 그 직전 데이아니라에게 피 묻은 옷을 주며 사랑의 매개체로 쓰라 함. 이를 남편에게 주어 그 독으로 헤라클레스 사망.
2 켄타우로스와 라피트들 사이의 결혼식에서 심한 싸움 일으킴.

그 피의 강 위로 몸을 들어 올릴 때다."[1]

우리가 그들에게 가까이 이르자
활을 시위에 멘 성급한 피조물 키론이
그의 턱 양쪽으로 수염을 뒤로 넘긴다.

그 큰 입으로 말을 하려고 열더니
동료들에게 말하길 "너희가 잘 살폈느냐,   80
뒤에 선 자의 발이 닿으면 무언가 움직이는 걸?

죽은 자들의 발은 보통 저렇게는 못 하지."
내 선한 안내자가 벌써 그 창조물 가슴께
두 본성이 만나는 데 이르러서

대답하길 "그는 분명 살아 있다. 그에게
여기 이 컴컴한 골짜기들을 보여주려는 거다.
기뻐서 그를 데려온 게 아니라 필수다.

찬양하는 데서 온 그녀[2]가 내게 그런 요청한

---

1 폭력을 저지른 자들의 솟아오르는 끓는 피의 깊이는 그들 죄의 경중에 따른다.
2 베아트리체.

분이니 그처럼 고귀한 분이다, 그는 도적이
아니고 나도 도적질한 혼이 아니다.　　　　　　　　90

내 허락받은 그 힘을 통해 이런 험한
여행을 계속하니 우리 곁에 있게.
너의 무리 중 하나를 주어서

이 냇물을 따라 여울 있는 데까지 갈 동안
그의 등에 이 사람을 태우게 하라
그가 공중을 나는 영이 아니어서다."

키론이 오른쪽으로 돌아서더니
네서스에게 명령하길 "와서 안내를 하여
다른 무리에게도 길을 내도록 해라."[1]

우리의 믿음직한 안내자와 함께　　　　　　　　　　100
진홍빛으로 끓는 강 옆을 지나가며
그 끓는 자들의 고음의 비명을 들었다.

---

1 켄타우로스들은 단테 시절 이탈리아에 만연한 용병들, 산적들, 방랑 무리 연상.

거기 몇몇이 눈썹까지 올린 걸 보고
거대한 켄타우로스가 말하길 "그들은 폭군들,
그 손들을 피와 약탈에 담그길 좋아했다.

무자비한 야만 행위의 대가를 치르는
알렉산더¹, 난포한 디오니시우스²
시실리에 수년간 비탄을 안긴 자.

눈썹 위 머리가 매우 검은 자는
에젤리노³, 다른 이는 공정한   110
오비초 다 에스테인데⁴ 정말로 죽은 건

사생아 아들의 손에 의해서."⁵
내가 시인을 돌아보니 그가 말하길
"지금은 그에게 들어라, 내겐 나중에."

조금 더 가서 켄타우로스가 섰는데

---
1 알렉산더 대왕.
2 장로 디오니시우스는 서기 367에 죽기 전까지 38년간 폭군으로 군림.
3 로마노의 에젤로 3세(1194-1259).
4 에스테의 오비초(1247-93).
5 오비초가 그의 아들에게 죽었다는 소문.

목까지도 끓는 피 위로 내놓은
무리들 몇몇의 옆이다.

따로 떨어진 혼 하나를 가리켜 말하길
"그자는 하나님 품안에서 관통 당한
심장이 테임즈 강가에서 아직 피를 흘린다."[1]   120

머리를 치켜 올린 그 혼들을 보았는데
심지어 그들의 가슴 위까지 강 위에 나온
이들 중 꽤 여럿을 볼 수 있었다.

그렇게 조금씩 그 끓는 피의 강을 보니
점점 낮아져 발목 높이에 이르며 없어져
우린 그 여울을 건넜다.

"바로 여기까지 당신이 봐오듯이
시냇물이 점점 얕아진다."
켄타우로스가 말하길 "내가 설명해야 하니

---

1 기 드 몽폴트는 유명한 시몬 드 몽폴트의 아들로, 1271년 교회에서 사촌에게 살해. 희생된 심장이 런던 성골함에 있음. 그 죽음에 복수를 하지 못하여 피를 흘린단 소문 은유.

저 다른 쪽 바닥은 아래로 가라앉아　　　　　　130
점점 깊어져서 우리가 다시 한 번 지난
데까지 폭군들이 신음하는 데다.

하나님의 정의를 이리 먼데까지 쏘아서
지구에 불행을 가져온 아틸라[1] 파이루스,[2]
섹스투스[3]가 영원히 몸부림치며 끓어

눈물을 쏟고 리니에르 데 파찌와
리니에르 다 코르네토[4] 그 둘이 만든
이 길들이 그들 전쟁터 싸움 장면이다."

다음에 그가 여울을 건너서 돌아갔다.

1　훈족의 왕(434-53), '신의 두통거리'란 악명.
2　아킬레스의 아들, 트로이 몰락 뒤, 버질의 『아에네이드』에 기술.
3　위대한 폼페이의 아들, 기원전 35년 죽음에 처한 해적.
4　파찌의 리니에르, 악명 높은 노상강도로 1280년 이전 죽음. 코르네토의 리에르, 단테 시대 사람, 로마로 들어가는 주요 길목에서 도적질할 무리 두목.

13곡

중부 제7지옥, 2 '자살자들의 죄'

 일곱째 원의 둘째, 자신과 자신 소유에 폭력 행한 자들이 갇힌 지옥. 두 여행자가 검은 숲으로 변한 자살자들, 방종한 자들을 본다. 이들이 하피 새들에게 고통받아 신음한다는 하소연. 심판 날, 지옥의 혼들이 육신을 다시 가질 터이나 이곳의 혼들은 그럴 수 없다. 자살이란 인류에게 생명을 주신 거룩하신 하나님 의지의 묵살로서 최악의 신성 모독이란 단테의 질타.

네서스가 아직 저편에 닿지 않았으나
무언가 명백한 흔적이 없는 숲을 통해[1]
우린 벌써 길을 시작했는데

신선한 초록 잎 없이 오직 담비들처럼 검고
매끄럽게 곧은 가지 없이 온통 마디지고 비틀려
과일은커녕 오직 독가시들뿐인 숲이다.

---

1 자살자들의 숲. 일곱째 지옥의 둘째 원, 스스로에게 폭력을 행한 자들이 벌 받는 곳.

경작지를 지겨워하는 야생의 피조물들이
세시나와 코로네토 근처에 사는데 결코
이처럼 굳게 얽혀 자라진 않는다.

여긴 불결한 하피들이 둥지를 틀었는데   10
스트로파데스에서 트로이 인들을 몰아내
그들 운명에 암흑을 통지했던 자들이다.[1]

그들은 넓은 날개와 여자 얼굴에다가
맹금의 발톱, 커다란 배에 깃털을 가졌는데
그들의 울음소린 인간의 것보단 덜해 보인다.

내 주인이 말하길 "이 숲에서 네가
많이 놀라기 전에 우리가 둘째 원[2]에
들어선 걸 알아야 하니

무서운 모래 위에 이르기까지다.[3]

---

1 『아에네이드』에서 버질이 아이네이아스와 동료들이 스트로파데스 섬에 왔을 때 하피들이 식탁 음식을 낚아채고 배설물을 떨구어 먹을 수 없게 했다고. 하피들 중의 셀라에노는 트로이 인들을 위한 근심을 두 배나 더한 예언까지도.
2 일곱째 원.
3 일곱째 원의 세 번째 둘레는 버질과 단테가 갈 다음 구역.

네가 볼 모두를 공부하자. 이를 결코   20
믿지 못하리라 보아서다."

사방에서 터지며 들리는 신음 소리가
걷던 길을 멈출 만치 혼란스러운 건
소릴 내는 아무도 보이지를 않아서다.

내 생각을 늘 생각하는 그가
모든 나무둥치 사이에서 나는 소리들이
우리 시선에 숨은 자들이 내는 거라며

말하길 "네가 아주 조금만 찢어봐라,
가지들 중에 작은 가지 하나를.
네 생각이 갑자기 끝남을 볼 거다."   30

내가 손을 앞으로 짧게 뻗쳐
가시나무의 작은 가지 하날 슬쩍 꺾자,
줄기가 비명을 질렀다. "왜 날 꺾느냐?"

피 흘리듯 그 가지가 새까맣게 되더니

다시 말하길 "왜 나를 동강 내느냐?
네 마음엔 동정심이 한 방울도 없느냐?

한때 사람이었지만 지금은 나무 그루터기 밑동,
네 손이 우리에게 큰 자비를 보여야 하는 건
우리가 뱀들의 혼이 되지는 않아서다."

한쪽 끝이 불에 붙은 가지처럼, 40
다른 쪽은 여전히 푸르른 채
물기를 흘리며, 쉭 공기가 빠지는 소리를 내며

그렇게 내가 상처 준 그루터기에서 피가
말들과 함께 섞여 나왔다. 난 가지를
떨어트리고 질겁한 사람처럼 서 버렸다.

"그가 처음부터 그걸 믿을 수 있었다면
오, 상처받은 혼이여." 나의 현자가 답하니
"이를 읽은[1] 거로서만 겨우 알기에

---

1 『아에네이드』(3, 19-68)에서 비교할 에피소드, 단테가 인용.

그가 절대 손대게 하진 않았을 거요.
믿을 수 없는 일이라서 내가 또한   50
이런 가슴 아픈 행위를 하라고 요구했소.

누군지 말하시오. 그가 보답하리니
그대의 세상 평판을 회복하도록
그는 저 위의 승인으로 다시 돌아가니까."

그 등걸이 답하길 "당신 말을 듣고 내가
침묵할 순 없군요. 실례를 무릎쓰고
잠시나마 말하고 싶은 유혹을 받습니다.

나는 두 개의 열쇠를 쥐고 쓰던 남자로서,
황제 프레데릭의 심장[1]으로서 이 둘을 사용해
잠그거나 여는 일 모두를 쉽게 하였는데   60

그로써 그의 생각을 거의 모두에게 전하며
그 직무에 그토록 양심을 다했으나
이로 인해 수면과 건강을 둘 다 잃었소.

---

1 시인 피엘 델라 비그나(1190년 경-1249), 황제 프레데릭 2세의 참모. 사람들 질시로 누명 쓰고 투옥. 옥 안에서 자살.

아침의 눈길을 결코 돌리지 않는 시기심이
멀리 시저의 가계에서 오듯이[1] 항상 치명적인데
온 세상에 통하는 궁정에선 특히 더 사악해서

사람들 마음이 나와 내 지위에 선동을 해서
성난 아우구스투스[2]가 분개하며
기쁨의 영예를 불결한 악의로 바꾸었소.

이런 모든 일이 너무 혐오스러워　　　　　　　　　　70
나는 바른 사람이었기에 멀리 달아나 죽기를
원하여 내 자신에게 불의를 행했소.

지금 이리 기이한 나무뿌리가 돼서 맹세하니
난 신의를 절대 깬 적 없소. 모든 영예와 가치의
위대한 군주에게 줄곧 신의를 지켰소.

당신들 중 하나가 세상에 돌아가거든,
그에게 영광스런 내 기억을 되살리게 해주시길
시기가 쏜 화살들이 여전히 팽배한 거기서."

1　시기.
2　로마 황제 아우구스투스와 프레데릭 2세를 동일시한 칭찬.

기다리던 내 시인이 말하길 "그가 말하지
않으니 시간을 허비하지 말고 그에게　　　　　　　　80
하고 싶은 대로 질문해 보아라."

내 답하길, "제발 그가 계속하게 해주시길,
내 속을 잘 아는 당신께서 청해주세요.
내가 그와 꼭 같은 고민으로 할 수 없으니!"

그가 한 번 더 시작하길 "갇힌 영이여,
모두 잘될 거다. 네가 뜻한 요청대로
다시 말해주기만 한다면!

말해다오, 어떻게 혼이 여기 이런 마디로
묶이는가를, 할 수 있다면 일찍이
여기서 자유롭게 된 누군가 있는가도."　　　　　　　　90

불운한 가지가 매우 심하게 쉭 소릴 내며
껄떡거리는 소리가 나기까지 숨 쉬기를 하더니
"그 대답은 당신의 한 마디에서 얻을 거요.

난폭한 혼이 그 자신을 죽였을 때 그 혼이
몸 밖으로 나와 이런 잎새를 뒤에 남기면
미노스가 이를 일곱째 심연[1]으로 가져가서

그 숲 특정한 데 없이 아무 데나 떨구면
단순히 거기의 행운이 던진 어디서든
밀의 일종처럼 씨가 트고 싹이 나오.

이게 부드러운 숲속의 식물처럼 자라나면   100
하피 새들이 잎사귀들을 먹기에 고통스러워
이로 인하여 한숨 소리가 나는 거요.[2]

누구나처럼 우리가 남긴 걸 위해 올 터이나
우린 다시 이를 입지 못하니 스스로 포기한
자들이 다신 이를 가질 순 없기 때문이오.[3]

그래요. 우린 여기로 이를 끌어 와서 슬픈 숲

---

1 폭력 죄를 관장하는 일곱째 지옥에 갇힘.
2 덤불들은 그들을 누군가 훼손하면 그 상처를 통해 말할 수 있다.
3 심판 날에 모든 다른 혼들처럼 이들도 여호사밧 골짜기에 그들 육신(지옥10곡 10-12절을 참고)을 찾으러 모일 것이다. 그들만은 그들 육신을 한 번 더 입게 허락받지 못한다고. 그들이 육신과 혼이 나뉘게 자살했기 때문.

전체에 우리 모든 육신들을 걸어서 남길 텐데
각 가시덤불 위마다 상처 입은 육신들이오."

우리 눈과 귀를 기울여 그 가지가
더 말을 하리라 믿고 기다리는데110
다른 소동[1]에 우리가 그만 산란해져

무언가 즉시 깨달은 사람 같았는데
그가 서 있는 데서 멧돼지 사냥하듯
사냥개들 소리, 덤불들의 부스럭 소리가 났다.

별안간 우리 왼쪽으로 지나간 건
긁히고 벌거벗은 두 존재가 숲을 통해 빠르게
그리 엉킨 데를 지나며 모두를 부러트렸다.

앞선 자가 울부짖길 "오, 죽음이여! 빨리 오라!"
뒤로 처진 다른 자가 소리쳤다.
"라노, 너는 그다지 멋지지 못했다.120

---

1 과한 소유와 방탕한 죄 힐난. 과소비와 신중한 소비의 예, 지옥24곡 121-32 참고.

토포¹ 근처 마상 창 시합 때!" 그가
아마도 숨이 너무 짧아졌기 때문인지
한 가지에 녹아 들어가 한 옹이가 되었다.

그들과 뒤의 숲이 통하는 데로 한 무리의
굶주리고 날랜 검은 상복의 불평꾼들이
갑자기 풀려난 사냥개들처럼 돌진하였다.

거기 웅크린 그에게 그들이 이빨들을 들이박고
그의 몸을 한 가닥 한 가닥 난도질하여
다음엔 찢어진 관절을 한 가닥씩 가져갔다.

내 안내자가 내 손을 그러잡고   130
부러진 데서 소용없이 피 흘리는 자에게
슬퍼하는 검은 가시덤불에게 데려가

"오, 자코포 다 산탄드레아."² 부르니
그 덤불이 "도움의 피난처를 만들었나요?

---

1 라노는 시에나의 낭비가로, 1288년 토포 강 근처 전투에서 사망. 후인들은 그 전투를 '마상 창 시합'이라 조롱. 그는 '대 낭비자들 형제단'에 속함. 인생 목표가 재산 낭비였다고.
2 1239년 상속 재산 낭비로 악명. 브렌타 강에 배를 타고 물에 동전을 떨어트림.

당신 인생이 나빴다고 내가 비난합디까?"

내 주인이 와서 그 위에 서서 말하길
"너는 한때 누구기에 그리 많은 상처를 입고
네 피로 슬픈 언어의 숨을 쉬느냐?"¹

그가 우리에게 "오, 너희 길을 만든 혼들이여!
이 끔찍한 재앙을 둘러보고   140
뜯겨나간 내 모든 잎새들을 보니

그들을 이 비참한 덤불 발에 모아주오.
나는 세례 요한을 위한 도시 출신이고
도시의 첫 후원자²를 바꾼 때문에

모든 기술이 지금 그 도시를 슬프게 하오.
아르노 강을 건너는 다리 바로 곁에
그 신의 어떤 외형도 남아 있지 않아서³

---

1 이 혼은 많은 것을 말하나 정작 이름이 없다. 자살자에게 이름은 필요 없단 암시.
2 피렌체의 첫 후원자는 마르스, 이를 바꾼 걸 화를 냄.
3 시민들의 변덕을 조롱, 굳은 신심 없음을 질책.

다시 찾으러 노동하는 그런 시민들은
아틸라가 그들을 위해 남긴 잿더미 도시에서[1]
확실히 끝없는 수고를 하게 될 겁니다.   150

나는 내 집에서 목을 매달았소."

---

1 훈족의 아틸라는 피렌체를 약탈. 지옥12곡 134절 참조.

14곡

중부 제7지옥, 3 '신성 모독자들의 죄'

 단테가 동향 시인의 흩어진 덤불을 모아주고 일곱째 원의 셋째 둘레로. 황량한 모래벌판에 끊임없는 불똥이 떨어진다. 저주받은 몇몇 혼들(하나님께 격렬히 대항했던 자들)이 거기 게으르게 누웠는데, 몇몇(사채업자들, 기술과 산업을 맹렬히 반대한 자들)은 웅크리고, 몇몇(동성애자들, 자연의 본성에 맹렬히 반항한 자들)은 계속 움직인다. 카파네우스의 혼 발견, 테베를 공격한 일곱 왕들 중 하나로 제우스 신 저주. 붉은 냇물이 불타는 모래로 바뀜. 지옥의 강들 수원지는 크레테 섬 지하에 거대한 노인 조각상이 흘리는 눈물이라는 단테의 풍자.

오직 내 고향 땅의 영향력이
나를 이끌어 그를 위해 흩어진 잎사귀들을
모았으나 그는 벌써 목소릴 잃었다.

거기서 우리가 마침내 그 구역에 왔는데
둘째와 셋째 둘레의 틈새로서

정의가 무시무시한 운행을 보여주는 곳이다.

빛에서 오는 장면이 아직 하나 없어도
우리가 평지에 들어온 걸 말하는데
녹색 잎을 가진 건 무엇도 자라지 않는다.

비통의[1] 숲이 화환을 두른 듯   10
그 숲 자체를 두른 암울한 냇물[2]같기에
우린 그 가장자리에서 쉬었다.

바닥은 말랐고 굳은 모래인데 마치
리비아 사막을 통과하는 여행 중인
우티카의[3] 카토가 발로 밟은 데와 같다.

하나님의 복수를 너희가 얼마나 크게 두려워
하는가, 단순히 읽기만 하는 독자여!
여기서 이뤄진 게 그리도 일목요연하다니!

---

1 자살자들의 숲(지옥 13곡)
2 프레게톤, 끓는 물의 강.
3 로마 장수 카토(B.C. 95-46), 시저와 대결하다 자살한 그를 칭송하는 로마를 단테가 조롱. 자살은 비겁한 불신.

그리 많은 무리의 벌거벗은 혼들을 보니
비참하게 울고 우는데 각각 법이 달라서   20
다르게 복종하는 듯이 보였다.

왜냐면 어떤 자는 반듯이 땅에[1] 눕고
어떤 자는 그들끼리[2] 모두 굽혀 있고
그들 중 얼마는 계속 돌고 돌아서다.[3]

계속 움직이는 자들이 가장 수가 많고
고통을 누워 받는 자들이 가장 적은데
이들은 혀가 여전히 풀린 자들이다.

그 길게 뻗친 모래 위로 부드럽게 떨어지는
불꽃들이 아주 넓게 바람에 날리며 내리는데
바람이 전혀 없는 산 위에 내리는 눈과 같다.   30

한때 인도에 있던 알렉산더가[4]
지상에, 그리고 그의 대대들 위로

---

1 신에게 대항한 폭력, 신성 모독.
2 사채업자들.
3 동성애자들.
4 알렉산더 대왕.

꺼지지 않고 내리는 불꽃들을 본 것처럼

그래서 그의 부하들에게 땅을 밟으라고
말했으니 그 불타는 불의 화염들이
하나씩 하나씩 속히 꺼질 거라며

바로 그처럼 영원히 뜨거운 게 내렸다.
그래서 그 모래는 불 위에 부싯깃처럼
부싯돌 아래서 그들에게 고통을 배가한다.

끊임없이 비틀리고 뒤치락거리며 40
그 가련한 손들로 이쪽 또 저쪽으로
새로 타는 데를 털어내면서 애쓴다.

내가 말하길 "오, 주인님! 그 도시 문[1]에서
우리에게 대항한 어리석은 악마들 말고도
모든 적들을 쳐부술 수 있었으면요.

불타는 데 관심 없어 보이는, 그러나

---

1 디스 시 입구(지옥 8곡 82절)

비웃고 찌푸리며 누워 마치 불비에
고통을 안 받는 체하는 저 거인은 누굽니까."

거기 누운 그가 내가 한 말을 들은 듯이
참견하려고 내 안내자에게 경고로 외치길   50
"내 살아서도 죽은 자와 꼭 같았다!

제우스가 그가 택한 대장장이에 지쳐서
그의 분노 속에 천둥번개를 관통해
내가 그 마지막 날벼락을 맞았다.[1]

혹은 그가 번갈아 다른 자들[2]에게 지쳐도
몬지벨로[3] 그 추악한 대장간에서
울부짖길, 도와주세요, 불칸! 지금 한 번만!'

바로 그가 프레그라[4] 벌판에서 하였듯이
그의 번개를 온 힘을 다해 나에게 던졌다.
그 복수는 그에게 아무 기쁨도 주지 못했다.   60

---

1 불칸, 고대 신들의 대장장이.
2 씨클롭스, 그의 용광로에서 불칸을 위해 일함.
3 에트나 산 아래.
4 제우스가 올림포스 산을 오르려고 했던 타이탄들과 싸운 장소.

그러자 내 지도자가 대단히 격렬하게
전에 내가 결코 듣지 못한 말을 했다.
"너 카파네우스야, 네 건방짐이

꺼지지 않아서 좀 더 벌을 받는구나.
고통은 없지만 이러한 고함과 폭언이
네 자신의 분노와 같은 몫이리라."

다음은 날 보며 내 주인이 말하길
보다 부드럽게 "이자는 테베를[1] 포위한
일곱 명 가운데 있었다. 그의 여전한 고집이

하나님을 크게 경멸해 대수롭지 않게 여긴다.   70
내가 말해도 오직 그리 비웃다니
이런 벌이 그 괴물엔 꼭 맞는 장식이다.

자, 내 뒤로 와라. 불타는 모래니까
바로 이 위치에 서서 밟지 않도록 해라.
항상 네 발을 그 숲에 가까이 놓아라."

---

1 아이스킬로스의 비극 주제. 카파네우스가 도시 성벽을 오르는 동안 천둥 벼락에 사망.

우린 조용히 그 분출하는 데까지 갔는데
그 숲에서 아주 좁은 실개천이 흘러서
그 빨간 냇물이 날 아직 떨게 한다.

불리캐임 온천에서 나와 흐르는 뜨거운
물 흐름을 오직 보풀 공들이¹ 이용하듯   80
이 냇물은 그 모래톱을 가로질러 흐른다.

그 샘의 바닥과 그 경사진 둑들이 돌인데
그것들 흐름에는 틈들이 있어서
그것들을 짚고 가야 할 장소다.

"내가 보여준 모든 다른 것들 중
처음에 우리가 통한 그 문간을 넘는데
그 누구도 거부하지 않은 이후로²

그 무엇도 결코 알려진 바 없었으니
현재 이 강에 네가 크게 놀란 만큼
네 머릿속 대화재가 소멸하는구나."   90

---

1 불리케임은 비텔보 근처, 로마 북쪽 80km 떨어진 유황천, 아마포 직조공들이 이용.
2 지옥 입구, 지옥3곡 참고.

이런 말들을 내 안내자가 했다. 그에 대해
그 즐거움에[1] 대해 그가 너그럽길 간청함은
내 호기심이 발해서다.

"중간 바다, 거긴 황폐한 섬 하나 있는데"
그가 답하길 "크레테로 알려진 섬이니
한때 세계를 정숙하게 한 왕이 다스렸다.[2]

거기의 산에 잘 우거진 숲의 잎사귀들이
아이다로 알려진 냇물에 흘렀는데
지금은 버려져 낡고 시든 것 같다.

한때 레아가 안전한 오두막으로 택해서 100
어린 아들을 위해 그의 존재를 감추고자
그가 울 땐 그녀가 고함을 치고는 하였다.[3]

한 거대한 노인이 그 산을 통째로

---

1 호기심의 즐거움.
2 신화의 황금시대를 일컫는데 곧 새턴의 통치 기간.
3 레아가 그녀의 아들 제우스를 살리고자, 자녀를 먹는 아비 새턴에게서 구하려고 아이다 산 위에 그를 감추고 그녀의 사제들에게 아기가 울면, 그들이 소음을 내라고 명령.

그의 어깨 위로 들어 다미에타를[1] 향해
전망 유리로 로마를 응시하며 돌아서 있다.

그의 머리는 가장 좋은 황금으로 만들어지고
그의 두 팔과 가슴은 순은이고
다음은 청동인데 두 다리가 나뉘는 데까지

그 지점부터 아래는 다 순수한 쇠인데
테라코타로 만든 그의 오른발만 빼면   110
그 다른 하나는 받침대 같다.[2]

전체를 통해 황금만 빼곤 거기 금이 가서
눈물들이 그 균열을 따라 아래로 항상 흘러
그 발아래 모여 바위를 뚫고

뚝뚝 아래로 떨어지는 눈물들이 모여 흘러
아케론, 스틱스, 프레게톤 강들로 판명 났다.
다음엔 그 좁은 간격을 통하며 마침내는

---

1 이집트에 있다. 그 초상이 서쪽을 바라본다.
2 크레테의 한 늙은 남자 조각상은 인류 타락의 조짐. 구약 다니엘 2장.

더 이상 갈 데가 없는 데까지 간다.¹
거긴 코키투스 그 호수가 무엇과 같은지
네가 곧 보리니 내 설명하진 않으마."   120

그래서 난 그에게 "만일 과정이 그렇다면 왜
그 냇물이 흘러 우리 세상으로 오는데
그 가장 끝까지 안 보입니까?"

그가 말하길 "이 장소가 둥글기에,
심지어 네가 크게 호를 왼쪽을 향해 그리며
왔을지라도 아래로 점점 더 내려가기에

네가 아직은 그 전체를 다 돌진 못했다.
그래서 만일 우리가 새로운 어떤 곳에 와도
그 무엇에 놀라진 않을 거다."

다시 내가 그에게 "주인님, 어딥니까,   130
레테는? 프레게톤은요? 당신은 먼젓번을
묵살하고 프레게톤을 눈물의 비라고 하십니다."

---

1 지옥의 가장 깊은 곳이 지구의 핵심, 우주의 중심이라고 천동설 시대라서 그리 생각했다.

"네가 이런 질문을 확실히 해서 기쁘다."
그가 답하길 "그러나 그 끓는 피의 냇물이
네가 방금 던진 문제 하나를 풀어주는 거다.

너는 레테를 볼 텐데 이 지옥은 아니고
혼들이 그들 자신을 정화하러 가는 곳에서
모든 그들의 죄를 회개하여 떨쳐버릴 때다."[1]

그가 계속 "우리가 돌아서야 할 시간이다.
숲을 벗어나 지금 내가 이끄는 데로 따르라.   140
좁은 간격이 길을 내서 불타지 않기 때문이다.

불꽃들이 모두 머리 위에서 꺼져 간다."

---

1 단테는 『신곡』에 당시엔 모두가 잘 아는 이야기라고 본, 그리스 신화를 대거 차용해 비유. 그러나 레테의 강은 단테가 오롯이 지어서 연옥편 마지막에 활용.

15곡

중부 제7지옥, 4 '동성애자들의 죄'

여행자들이 불타는 모래를 달리는 한 무리의 혼들과 조우. 그중 하나가 단테를 반색, 한때 조언자였던 시인 브루네토. 그가 동성애 형벌 중에 대화. 이단자들 원의 화리나타처럼 그도 단테 앞날 악하게 예언. 그 무리가 전부 성직자들, 문필가들인데 다른 죄인들이 오니까 도망. 지성과 예술의 자질을 지닌 이들의 무절제를 하나님께 큰 모독죄라고 질타.

지금 그 어려운 틈새로 거기를 지나니
그 강에서 김이 올라와 머리 위가 캄캄하게
그 불의 물과 강변을 둘러싼다.

위쌍에서 부르쥐에 이르는 플랜더스 사람들이
그들 위로 대서양이 덮쳐 들어올까 봐 그 물의
가장자릴 따라 높은 방죽을 세우고도 두렵듯이

브렌타 강이 흐르는 파두아의 사람들이
그들의 마을들과 성들을 방어하기 위해
카린티아의 눈들이 녹는 따뜻한 계절 이전에

그걸 기획하는 건축자들이 누구든 간에   10
이런 모양으로 그런 틈새들을 막도록
이렇게 높거나 넓게 세운 모양새가 아니다.[1]

우린 벌써 그 숲을 뒤로하고 떠났으나
내가 둘러봤다 치더라도 거기가 어떤 덴지는
아직 더 이상 알 길은 없었다.

그 강변을 따라오는[2] 한 무리의 혼들을
만났는데 모두가 우리를 열심히
응시하는 게 마치 낮의 빛이 사라지면

남자들이 응시하길 마치 하늘에 달이 없는 듯이
그들 눈썹을 찌푸리고 곁눈질로 우릴 보는데   20

---

1 유럽 저지대 나라들의 해안 방죽. 동성애 죄의 위험성과 음험함을 늘 무너질 위험이 있는 방죽으로 묘사.
2 이 혼들은 단테, 버질과 반대 방향으로 달린다.

마치 늙은 양복쟁이가 바늘귀 들여다보듯 한다.

그리도 잘 살펴보던 혼들 무리 중에서
하나가 나를 보고 내 옷자락을 움켜쥐고
울부짖길 "이 무슨 놀랄 일인가!"

그가 날 향해 손을 뻗기에
내 눈을 그의 불에 탄 모습에 맞추고
그을린 그 얼굴이 내 맘을 막지 않게 하며

그를 회상하니 모든 게 꽤나 분명해졌다.
내 얼굴을 그를 향해 숙이고 말하길
"오, 샐 브루네토! 당신이 여기에?"[1]   30

그가 답하길 "불쾌하지 않기를, 아들아.
만일 브루네토 라티니가 잠시 동안 너와
간다면 가는 길을 쉬며 가기를."

내 답하길 "내 맘을 다해 당신께 청합니다!

---

1 브루네토 라티니(1220-94). 피렌체 겔프당원. '샐Ser'이란 말은 서기관 암시. 그의 저작 프랑스어로 쓴 백과사전 '보물'.

당신이 쉬길 바라면 그리할 겁니다.
만일 나와 동행하는 분이 허락하시면."

"오, 아들아." 그가 말하길 "이 무리 누구나
백 년간이나 누워서만 모두 쉰다.
그 불꽃들이 공격할 때 방어하지 못한 채로.

그러니 걷자, 내가 네 겉옷 곁으로 갈 테니. 40
이리 오길, 그다음 내 무리로 돌아가리니.
영원한 고통으로 계속 슬픈 그들에게로."

난 차마 길을 벗어나 그가 걷는 데까진
내려가지 못하나 여전히 누군가에게 하듯
충분한 존경의 표시로 내 머릴 숙였다.

그러자 그가 시작하길 "무슨 기회나 운명이
너를 이리 데려왔느냐, 마지막 시간 전에?
이 길을 네게 보여주는 이는 누구시냐?"

"저기 저 위 살아 있는 사람들 세상에서"

내가 답하니 "암울한 골짜기에서 헤매는데   50
내 인생 중간점이 오기 전이었습니다.

어제 새벽에 뒤로 돌아서자 그 위에서
내가 돌아섰을 때 이분이 나타나시어
한 번 더 나를 올바른 길 위에 놓았습니다."

그가 "만일 네가 너의 별을 따른다면
영광의 하늘에 이르는 데 실패할 리 없는데
만일 내 의견이 내 사는 동안 공평했다면.

내 너무 빨리 죽는 일만 없었더라면
하늘에서 너에게 친절한 걸 보면서
네가 취한 모든 걸 내가 도왔을 텐데.   60

그렇게 은혜 모르는 무정한 사람들
과거에 휘에솔레에서 흘러내려온
산과 바위의 여러 흔적이 여전하듯

너의 선한 작품을 위한 적들이 있으리니

선한 이유로 쓰디쓴 마가목들 사이에서
달콤한 무화과나무들이 열매 맺진 않는다.[1]

그들이 맹목이 된 건 오랜 평판이고
욕심과 시기심에 건방지다.
그들이 몰두하는 그 잘못들을 피해라!

너를 위한 운명으로 그런 영예가 보존되니   70
그 양쪽[2] 모두 너를 삼키려 열망하리라,
그러나 풀밭조차 그 염소에게[3] 먼 거리리라.

휘에솔레의 짐승들이 그 자신들 가운데서
약탈하게 하라. 아직도 그들 배설물에서
일어난다면 그 가족의 나무는 건드리지 말길.

거기가 그처럼 악한 피의 둥지로 들어설 때
그 안에 거룩한 종자가 다시 한 번 산다면

---

1 로마인들이 휘에솔레를 정복. 그 들판 아래 피렌체를 세워 신도시 처음엔 소수 로마인들이 거주. 후에 휘에솔레 피난민들이 비 문명화한 관습을 들여와 피렌체 인들의 부도덕함이 그들 때문이라고 브루네토가 비난.
2 겔프 흑당과 백당.
3 단테는 겔프 백당, 양쪽 겔프당과 다투다 추방당해 양쪽에 증오심.

거기 처음 남았던 첫 번째 로마인들 중에서."

"모든 나의 기도를 완전히 들어주신다면"
내가 답하길 "당신은 아직까지도
인간성을 배제하지 못했습니다,   80

왜냐하면 나는 아직 마음에 큰 고통이 있습니다.
다정하고 친절한 부친 같은 당신의
세상에서의 모습이 시간과 다시

사람이 영원해지는[1] 방법을 내게 가르친
그에 대한 감사를 내 숨이 있는 동안
무언가 내 말로 나타내야만 합니다.

당신이 내 미래를 말한 걸 간직해
또 다른 기준[2]에 두었다가 그걸 잘 아는
그녀에게[3] 다다르면 상술할 겁니다.   90

---

1 죽음 다음의 생은 명성 때문.
2 지옥10곡 79-81에 있는 화리나타의 예언.
3 베아트리체.

내가 받은, 당신이 잘 알고 준 그 많은 건
내 양심이 이를 비난하지 않고 행운의
여신이 무얼 가져오든 준비할 겁니다.

그런 예언들이 내게 새로운 건 아니어서
그녀가 생각한 최대로 농부가 호밀 쓰듯[1]
맘껏 그녀의 바퀼 돌리라고 말할 겁니다."

내 주인이 머릴 오른쪽을 향해
그쪽으로 돌며 날 보고 말하길,
"그가 좋은 주기를 택해 잘 듣는구나."

그럼에도 나는 좀 더 브루네토와 같이   100
말하길 원해 물어보니 그런 그의 무리 중
가장 유명한 권세가에 관해서다.

그가 답하길 "그런 몇몇을 아는 게 좋으나
다른 자들을 위해서 우린 최선이 침묵이니
그들에 대해 말하긴 시간이 충분치 않구나.

---

[1] 행운의 여신이 돌리는 바퀴는 불확실한 세상 사건들 상징.

짧게 해서 그들 모두 성직자들임을 알라.
문필로 위대한 사람들, 저명한 남자들인데
위 세상에서 한 가지 못된 죄[1]를 진 자들.

너는 저기 프리스치안[2]이 달리는 걸 보는데
그 험상한 무리엔 또 프란시스코 다코르소[3]도   110
네가 이런 인간쓰레기를 더 보길 원하면

하나님의 종으로[4] 명령 받은 주교가 있는데
그는 바키글리오네를 위해, 아르노를 떠나
죄로[5] 얼룩진 그 육신을 포기했던 자다.

내 좀 더 할 말은 다른 말이 아닌
내게 허용된 아주 다른 게 보이니
무서운 모래에서 새로운 구름이[6] 떠오르는구나.

---

1 동성애자들은 그런 사실을 생전에 절대 밝히지 않았다고.
2 유명 라틴어 문법가(500년경).
3 프란시스코 다코르소(1225-93) 볼로냐 출신 변호사, 옥스퍼드에서 강의도.
4 교황. '하나님의 종들의 종'은 여전하단 야유.
5 안드레아 드 모찌는 아르노 강이 있는 피렌체 주교, 바키글리오네 강의 비센차로 옮겨, 소문 난 생활로 1296년 사망.
6 먼지구름은 다른 동성애자들인데 이들의 수가 많다는 야유.

나와 여기 같이 있어선 안 될 자들이다.
내 보물을[1] 너에게 추천한 건 여전히 내가
거기 살아서다. 그게 하고 싶은 말의 전부다." 120

다음에 그가 돌아서 달려가는데 베로나에서
초록색 옷감을 위한 경주의 참가자들처럼
들판을 가로지르는데 그런 자들 가운데 가장

이기길 바라며 절대 놓치지 않을 승자처럼.[2]

---

1 30절의 주. 브루네토의 백과사전.
2 경주에서 승자는 초록 옷감 한 필, 패자는 꼴찌 상으로 조롱. 브루네토를 향한 우롱.

16곡

중부 제7지옥, 5 '사채업자들의 죄'

멀리서 물 떨어지는 소리 들림. 혼들 세 명이 단테의 옷을 보고 피렌체 출신임을 인식, 잠시 멈추기를 요청. 피렌체 동향인을 만나 반색, 그리고 비난은 새로 온 자들의 부의 증대가 피렌체의 쇠퇴 원인이라 지적. 그들과 헤어져 떨어지는 물소리 근처에 오자 귀가 멍멍한 단테에게 허리띠를 풀어서 건네라는 버질의 명령. 이에 순종해 허리띠를 건네자 버질이 이를 발아래 심연으로 던져서 무슨 일이 일어날지 기대감.

그 원의 아래로[1] 작은 폭포 같은 울림이
수없이 마주치며 사라지는 천둥소리
같으나 우리가 본 건

세 명의 혼이 우릴 향해 오는데
그 뜨거운 비의 쓰디쓴 고통 아래로

---

1 지옥의 여덟째 원.

한 무리에서 빠져나와 달려온다.

그들이 우리에게 와선 하나처럼 외치길
"멈춰라! 네가 입은 옷을 보니 우리의
타락한 도시에서[1] 온 누군가이구나!"

아, 그들 몸의 갈라진 상처들이 오랜 거나   10
금세 열린 거나 그 엄청난 열기 때문이니!
단순히 떠올리기만 해도 고통스럽다.

내 스승이 주의 깊이 그 울부짖음을 듣고
얼굴을 돌려 말하길 "지금 기다리자.
이들에게 우린 정중해야 한다.

이런 불 쏟아지는 데가 아닌 자연스런
장소라면 내 너에게 그들보다 더
서둘러 가라고 말했을 거다."

우리가 가만히 서 있자 그들이 평소 소음들을[2]

---

1 피렌체.
2 애통의 울음.

다시 내며 도착하여 그들 셋이 둥글게   20
뭉쳐 도는 게 장미들의 반지 모양 같았다.

벌거벗은 레슬링 선수들이 기름 바른 것처럼
서로가 치고받고 차기 전에 먼저
이점을 찾아 낚을 데를 찾듯이

그렇게 셋이 빙빙 도니까 하나씩
얼굴들은 우릴 향해서 목을 반대로
돌려야 하나, 그들 발들과는 반대로다.

그중 하나가 말하길 "만일 우릴 움직이는
이 모래 위 곤경으로 우리 모습이 검게
그을렸기에 이를 얕볼지라도   30

아직 네가 경청하는 지상의 우리 명성으로
넌 누구이기에 그렇게 안전히 이 지옥을
살아 있는 발로 지나는지 말해주길.

지금 네가 보는 내 곁의 발자국의 그는

비록 피부가 타서 벌거벗었으나
네가 생각한 정도보다 훨씬 위대하다.

그는 선한 괄드라다[1]의 손자로
이름은 귀도 구에라[2]. 그의 일생은
온통 칼과 사색과 가치의 지도자였다.

나와 같이 모래를 마구 치는 다른 자는   40
테기아이오 알도브란디[3]. 그의 의견을
더 많이 마음에[4] 담아야 한다.

그리고 그들과 십자가를 건 나는 자코포
루스티쿠치. 나를 이 아래로 데려온 자는
심술궂은 내 아내였다."

불과 화염들이 아니라면 나는 자신을

---

1 그녀 가정의 덕성이 알려짐.
2 피렌체 겔프당 지도자, 그는 몬타페르티에서 싸우고(1260) 그 전쟁 후에 추방당했다가, 베네벤토에서 싸우고(1265) 피렌체로 돌아왔다.
3 피렌체 겔프당원으로 1266년 사망. 단테는 현재의 화자인, 자코포 루스티쿠치에 관해 지옥 6곡 79-84에서 들었다.
4 피렌체 인들이 몬타페르티에서 싸우지 말라고 충고했지만, 그들이 따르지 않아서 결국은 패했다.

거기 아래로 던져 그들 사이에 있었으리라,
내 안내자가 이를 허락했다면.

그럼 타서 구워질 테니 그런 막연한
두려움이 거기 그들에게 달려가 포옹하려던   50
내 선한 의도를 극복했다.

"아니, 무시하진 않으나 당신들 처지가
보기에 너무 고통스럽소." 내가 답하길
"내 마음에 든 그 슬픔이 곧 사라질 거요.

당신들이 다가오는 동안 여기 내 주인이
내게 주신 선한 이성을 믿으라며 당신들이
그런 명성을 가진 사람들이란 말을 했소.

나의 동향 시민들이여! 나는 당신들 명성과
위대한 행동들을 듣고 말한 그대로 살기에
결코 실패한 바가 없소.   60

나는 바로 내 진실한 안내자가 약속하였기에

그 최고의 맛을[1] 보러 그 쓰디쓴 데로 가는데
먼저 그 중심에[2] 떨어져 내려가야만 하오."

"지금 네 혼이 네 몸속에서 더 많은 세월을
함께 하겠구나." 그가 다시 말하길,
"네가 돌아갈 때 네 명성이 빛나겠구나!

우리에게 말해다오, 공손함과 용기가 아직 우리
도시 안에 살아 있는가를, 아님 늘 하던 그대로
그것들이 도시 밖으로 나가버렸는지를.

구글리엘모 보르시에르[3]가 최근에 우리의   70
고통을[4] 더하며 저기 무리 속에 가는데
그가 우리에게 말한 것에 혼란스럽다."

"새로 온 자들과 급속한 부가 그처럼 넘쳐
그런 오만을 초래했으니 오, 피렌체여!

---

1 단테는 지옥, 연옥 여행이 끝나면 천국 여행을 할 거다.
2 지구의 가운데, 지옥의 가장 깊은 곳이다.
3 선한 평판을 가진 또 다른 피렌체 사람들.
4 그는 최근 죽었다. 1300년 봄이 오기 전, 단테가 그 여행을 부여받은 시기다.

너흰 벌써 이를 위해 울고 있어야 한다."

내가 얼굴을 들며 그렇게 울부짖었다.[1]
이에 답하러 그들이 서로 얼굴을 보더니
진실한 말을 들을 때 하는 사람들처럼 하였다.

"만일 그런 충분한 자유를 제공할 수 있다면
모든 경우에 답을 해 봐라." 그들이 답하길   80
"그렇게 뜻대로 말할 수 있는 넌 행복하다!

네가 여기를 벗어난다면
이 암흑의 땅에서부터 별들을 보기까지
그때 즐거이 말해라. '난 거기 있었다고.'

우리에 대해 말해다오. 명성이 영원하길."
다음엔 그 둥근 바퀴를 부수고 도망치는 게
어찌나 빠른지 다리가 날개로 보였다.

"아멘"이란 말보다 더 빠른 시간에

---

1 이 원에서 혼들에게 말할 때, 단테는 주로 내려다보는데 그들이 아래 있어서다.

그들이 사라졌다. 내 주인은 이제는
가야 할 시간이라고 생각한다.   90

그를 따르는데 멀리 가기도 전에
큰 물소리가[1] 그리도 가까이 다가와서
무슨 말도 나누기 어려워졌다.

그 첫 번 강처럼[2] 이곳도 거기서부터[3]
흐르는데 높은 아페닌 산맥 왼쪽 아래로
몬비소부터 동쪽까지 위는 첫 아쿠아체타로

알려져 이게 낮아지면서 밑바닥 속으로
떨어지기 전에 포르디라는 데서
그 먼저의 이름을 잃는다.

천둥 같은 울림이 알프스에 있는 산   100
베네토 근처에서 천 개가 아닌
한 폭포가 아래로 돌진하는 소리가

---
1 이 곡 시작에서 얼마의 거리에 있다는 폭포의 언급.
2 몬토네.
3 바다로 흐르는 동안 다른 강과 합류하지 않는다.

한 바위 절벽에서 시커먼 물로 떨어져
되울리는 걸 우린 보았는데
거기 머문다면 귀가 먹었으리라.

나는 매듭으로 묶인 허리띠를 하였는데
한번은 이걸로 그 얼룩진 가죽의[1] 표범을
잡으려고 시도했던 거다.

내 지도자가 명령한 그대로
내가 했던 그 허리띠를 풀자마자   110
그에게 주며 혼란해서 곤혹스러웠다.

그가 오른쪽으로 돌아서서
그 가장자리에 서서 어떤 거리[2]까지
이를 그 넓고 깊디깊은 아래로 던졌다.

"무언가 아주 이상한 것에 답을 해야 할 거니,"
내가 속으로 '내 주인이 하는 특이한 신호에
그의 눈길을 주시해야겠구나.'

---

1 단테의 허리띠는 바울의(엡6:14) 진리의 허리띠 상징.
2 마치 무언가 잡으려는 듯, 굉음을 내는 피의 폭포 아래로 낚싯줄을 던지듯이 하였다.

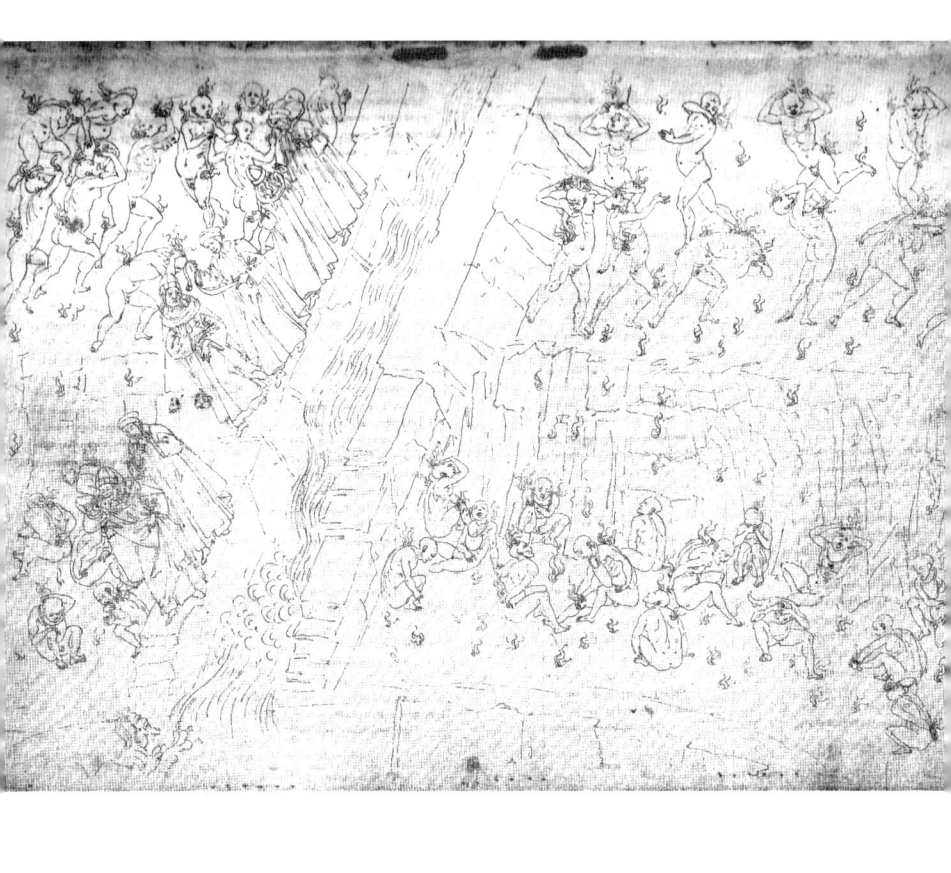

다른 사람이 행하지 않는 걸 보면서도
그 마음을[1] 들여다볼 재치를 우리가
가진다면 얼마나 신중해질까! 120

"무언가" 그가 말하길 "곧 떠올라서
내가 기다리는 것과 네가 꿈꾼 게
이 목구멍 밖으로 모습을 보일 거다."

거짓처럼 보이는 진실과 마주한 남자가
할 수 있다면 이를 지키거나 죄 없는
수치심도 아예 없을 테지만

여기서 나는 침묵할 수 없었다.
나의 노래, 시로서 독자들에게 맹세하노니
많은 세월 속에 내 노래[2]가 은총 받기를!

그 암울한 분위기 속에서 본 건 130
우릴 향해 헤엄쳐 떠오른 모습인데
극한의 두려움으로 때리는 거였으니!

---

1 버질은 뛰어난 지성과 이성으로 항상 단테의 속을 먼저 읽는다.
2 단테가 신곡을 본래 '노래'라고 명명. 그 '노래'가 후대에 빛나길 겸손히 바란다는 소망.

곧 그것은 잠수함처럼 바위나 바다 밑
어딘가 걸려 있던 닻을 푼 듯 자유로이
아래서 발들을 끌며

표면으로 솟아올랐다.

17곡

중부 제8지옥 '사기죄'

괴수가 구덩이 지옥 깊은 데서 뜨는데 사기죄의 형상을 구현. 버질이 여덟째 원 속으로 괴수 등에 타고 가려고 협상. 그동안 단테, 일곱째 원 넷째 둘레 사채업자들 구경. 이들은 특급 저질 죄. 단테가 와서 보니 버질이 괴수 그레욘 등에 탐. 그가 겁에 질린 단테를 달래서 자신의 앞에 앉게 해서 그레욘의 꼬리로부터 보호한다. 괴수가 버질 명령대로 둥글게 천천히 하강. 단테는 겁나서 무슨 일인지 이해하기 어렵다. 차차 그 아래 있는 자들을 인식. 그레욘이 날카로운 바위들 위에 발을 딛고 내려서 손님들이 내리자마자 즉시 나는데, 활에서 쏜 화살 같다.

"저기 독을 쏘는 꼬릴 가진 괴물을 봐라!
높다란 비늘들로 모든 방어를 박살낸다!
그 괴수가 전 세계를 더럽힌다!"

내 안내자가 선언하며 그 괴수에게

우리가 선 위험한 바위 끝 가장자리로
가까이 오라 신호하였다.

그 불결한 사기의 화신이 머리와 가슴을
땅 위로 끌어와 걸치는데 꼬리는
옆에[1] 두고 위로 올리지 않았다.

그 용모는 선한 남자로   10
모두에게 호의를 품은 모습
그러나 그 나머진 뱀.

발톱 두 개, 털은 겨드랑이까지
등과 가슴 양 옆구리는 동그라미들로
복잡한 매듭의 무늬들인데

덜 다채롭고 무늬도 덜 복잡한
타타르와 터키에서 온 옷감들이나
아라크네가 베틀[2]에서 짠 거 같다.

---

1 그레욘의 겉모습은 사기죄의 본성 묘사.
2 아라크네는 신화의 베틀 짜는 숙련가, 감히 아테나 여신에게 도전하여 시합 벌였으나, 패해서 거미로 변함.

흔히 떠 있는 배를 보면 반은 해안에
반은 물속에 있는 듯 때로는 거기에   20
탐욕스런 독일인들이[1] 있듯이

비버가 사냥하려면 반은 땅 위에 있듯[2]
그 가장 나쁜 짐승은 뜨거운 모래가
끝나는 바위가 만든 틈 사이에 머문다.

허공에 있는 그 꼬리 전부가 떨면서
독을 품은 집게발을 위로 들려고 몸부림치니
이는 독을 쏘는 전갈 꼬리 같다.

내 지도자가 말하길 "여긴 저게 필요하니
거기로 가려면 저기 걸친 사악한 피조물이
여길 벗어나게 해주기 때문이다."   30

우린 오른쪽으로 약간 내려가며
가장자리에서 열 걸음을 남기고
뜨거운 모래를 조심스레 피했다.

---

1 북유럽 인들은 흔히 탐욕스럽다고 알려져 있음.
2 비버가 사냥할 땐 물속에서 꼬리를 휘저어 물고기를 유혹한다.

그 괴물이 걸친 데까지 왔을 때 보니까
그 모래 저쪽 가까이 좀 떨어진
근처에 웅크린 사람들이 있었다.

내 주인이 말하길 "이 둘레를[1] 완전히
이해하기 위하여 저리로 내려가
그들이 처한 처지를 살펴봐라.

말할 한계를 정해서 분명히 말하라.   40
네가 돌아오기까지 이 피조물과 몇 마디
나누어 우리를 그 넓은 등에 태우게 하마."

그래서 좀 더 가장자릴 따라
불행한 일곱째 원을 나 혼자 계속해서
불행한 사람들이 앉은 데로 갔다.

그들 눈이 고통을 뿜어내면서 그들 손은
불타는 모래의 화염에서 자신들을
보호하려고 이리저리 마구 휘젓는다.

---

1 일곱째 지옥의 네 번째 둘레.

정확히 여름날 개들처럼 주둥이와
발을 넌더리나는 벼룩들과   50
모기들, 쇠파리들에게 물렸을 때처럼.

그들 위로 고통스런 불이 항상 떨어지는데
그중 몇몇에 눈을 고정하고 보았으나
하나도 알 수 없었는데 내가 살핀즉

각자의 목에 지갑을 걸었는데
각각 특별한 색깔의 장식들이라서
그들이 열망하여[1] 천착한 듯이 보인다.

주위를 걸으며 모두를 주시하다가
한 노란 지갑을 발견했는데 담청색으로
얼굴 하나와 사자 한 마릴[2] 품고 있다.   60

더 바라보니 더 잘 보였는데
또 다른 지갑은 피처럼 붉은색이고

---

1 그들의 문장과 문양은 높은 사회 직위의 상징임에도 사채업만 비밀리에 종사한 악행에 맹타.
2 피렌체의 지안피글리아치 가문 문장으로 유명한 사채업자.

버터¹보다 더 하얀 거위가 그려 있다.

하얀 손가방 위에 밝은 청색의²
배부른 암퇘지를 그린 자가 내게 요구하길
"이 구덩이를 방문한 목적이 무어냐?

당장 떠나라! 네가 아직 죽지 않았기에
내 이웃 비탈리아노가³ 여기 내 왼쪽에
앉으리란 걸 알려주겠다.

이런 피렌체 인들 속에 나는 파두아 인이다.   70
그들 목소리가 내 귀에 외쳐 울리는 소릴
들으니 '우린 그 영예의 남자를 기다리니

그 기사는 세 마리 염소가⁴ 그려진 지갑을 가졌다!'"
그가 주둥이를 비틀고 혀를 내밀어
거세한 수소들이 그들 주둥이를 핥듯 한다.

---

1 오브리아키 가문 문장, 역시 피렌체의 이름난 사채업자.
2 파두아의 스크로베니 가문 문장, 여러 사채업에 종사.
3 분명히 다른 파두아 사람이나 확실치 않다.
4 지아니 부이아몬테 데이 베키, 1310년 죽은 피렌체 인, 이웃까지 악명 날린 사채업자인 듯.

빨리 가라고 경고한 그에게 화가 나기보다는
지체하는 게 불안했기에 이런 이상한
혼들에게서 돌아서서 나는 돌아갔다.

내가 보니 내 지도자는 벌써
그 불쾌한 짐승 등에 올라타 있었다. 80
그가 내게 "지금 넌 당차고 침착해야 한다.

우린 지금 이런 방식으로만 내려가야 하니
내 앞으로 올라타라, 내가 중간에 있게.
그러면 그 꼬리로 너를 해치지 못할 거다."

사흘째 열병 끝에 이른 사람처럼 벌써
손톱은 청색으로 변해 그 서늘한 혼의
단순한 모습에 온 전신이 떨리니

그 말을 들을 때 느낌이 그랬다.
그때의 부끄러운 감정은 용감한 하인이
그의 선한 주인 앞에서 갖는 것 같았다. 90

그 괴물 어깨에 내가 자릴 잡고 말하려는데
생각대로 목소리가 나오질 않았으니
"나를 꼭 잡아주세요!"였다.

나를 돕는 그가 그 순간 나보다 더
두려운 듯 내가 타자마자 곧장 날
그 양팔로 꼭 감싸고 단단히 잡았다.

그리고 말하길 "자, 그레욘아, 떠나라.
넓게 원을 그리며 천천히 내려가라.
네 등 위의 고귀한 짐을 생각해라."

배가 그 장소를 천천히 뒤로 떠나듯이 100
느릿느릿 그 괴물이 움직였다.
그리고 충분한 공간을 확보한 걸 알자

그 꼬리를 그 가슴 있는 데까지 돌렸다가
이를 죽 펼치며 이게 뱀장어처럼 움직여
앞발로는 부드러운 공기를 끌어 모았다.

파에톤을 때린 하늘에서 불이[1] 나타나기까지
그가 쥔 고삐를 놓쳤을 때와 같은 그런
끔찍한 두려움은 없었으리라 생각한다.

또는 이카루스가 그 왁스가 녹아 양쪽
날개들이 떨어져나갈 때 부친이 울부짖으며   110
"그 길로는[2] 가지 말거라!" 할 때마냥

얻어맞은 듯이 내가 주위를 둘러보니
온 주변에 그 괴물만 보이고
순환하는 공기 빼고는 아무 경치도 없다.

그 짐승이 천천히 유영하며 넓은 원을 그리며
아래로 가는데 나는 단지 얼굴에 와 닿는
바람과 올라오는 바람[3]만 느낄 뿐.

내가 일찌감치 오른쪽 아래로부터 요란한

---

1 신화의 파에톤이 부친 태양신 헬리오스에게 하늘의 태양 마차를 안내할 허락 얻음. 파에톤은 그 임무에 부적해서, 마차와 말을 잘 다루지 못해 궤도를 벗어나 죽는다.
2 신화의 이카루스는 부친에게서 새의 깃털을 모아 왁스로 붙인 날개들을 받음. 태양 가까이 날지 말란 경고 받았으나 무시해서 왁스가 녹아 날개들이 떨어져 수직 하강하여 사망.
3 아주 깊은 심연, 제8지옥에서 올라오는 바람.

급류[1]가 무섭게 울리는 소리가 들려
이를 보려고 목을 길게 뺐다.   120

그때 그 두려움에 난 나가떨어질 뻔했으나
그런 불들과 그런 애통을 듣고 보며
떨면서 붙잡고 움츠렸다.

미처 앞서 보지 못한 것들이 회전하며
우리가 하강하며 보니 현재 사면으로
그와 같은 악들이 모습을 드러내고 있었다.

한 마리 매처럼 미끼나[2] 먹이가 없음에
날개를 펴서 한참 지체한 매를 본 매잡이가
울부짖는 소리로 "내려와라." 하면

지쳐서 내려오듯 이게 그때 속도를 내서   130
백 개의 원들을 그리며 천천히 내려앉기를
심술궂고 성가신 주인에게서 멀찌감치 떨어지듯

---

1 피의 폭포가 아래로 떨어지는 급류.
2 매를 그 주인에게 되돌리게 하는 기술.

그렇게 울퉁불퉁 날카로운 바위들 먼발치 아래
먼 데다 그레욘이 우릴 내려놓고는
그 등에서 우리 무게가 벗어나자마자

활에서 쏜 화살처럼 날아갔다.

18곡

중부 제8지옥, 1과 2 '매음과 아첨 죄'

여덟째 지옥은 사기죄의 양상을 보임. 열 가지 죄목의 처음인 매음 죄 시작. 이 깊은 구덩이 구성은 동심원인데 열 개 구덩이로 나뉨. 첫 구덩이 속에는 유혹자와 뚜쟁이가 반대 방향으로 달리며 서로를 채찍질. 단테가 한 뚜쟁이 인식, 볼로냐의 베네디코 카치아네미코, 그는 누이를 매음굴에 팔았다. 특히 신화의 제이슨에 주목, 제왕의 품위를 갖춘 용맹한 남자였으나 습관처럼 여자들 유혹. 단테와 버질이 다리를 건너 두 번째 구덩이를 내려보니, 엄청난 아첨꾼들. 이들은 인간 배설물에 잠겨 알아볼 수 없다. 인간의 선한 언어 능력을 아첨에 악용하고 혹사한 죄.

지옥에서 악의 층층이라 불리는 한곳은
무쇠 빛의 돌들로 그 모든 주위가
아주 높은 벽들로 둘러싸여 있다.

이런 사악한 공간 그 죽음의 가운데

넓고 깊은 혼돈 또는 우물이 크게 벌어진
그런 구조물을 여기 서술해야만 한다.

그 지역은 둥글면서 높다랗게 두른
험한 돌 벽과 깊은 우물 사이에 둥글게
돌아가며 열 개의 구덩이로 잘려 있다.

같은 양식인데 한 성의 주변에   10
엄중한 해자를 만들어 둘러싸
성의 견고함을 강화하듯

열 구덩이들이 그 같은 양식이라
성들이 들어 올린 문을 내려 해자
위에 걸친 다리로써 외부와 경계 짓듯

바위벽 아래부터 등성이까지 내려오는
구덩이들과 그 둑들의 위로 걸친 다리들로
나누어져서 중앙 우물로 모인다.

이런 형상이 그레욘이 우리를 거기에

내려놓아서 발견한 그런 장소였다.   20
시인이 왼쪽으로 가서 난 뒤를 따랐다.

그때 오른쪽에 진기하게 비참한 자들을 봤는데
기발한 고통받는 자들과 기발한 고문자들이
모든 구덩이 중 그 첫째에 가득했다.

모든 죄수들이 벗은 채 오른쪽에서 우릴
향해 오고 한쪽은 뒤에서 우리를 따라서
양쪽이 다 굉장한 속도로 움직인다.

축제[1] 기간에 로마인들이 그 다리[2] 위의
모든 사람들을 위하여 교통질서를
유지하듯이 똑같이 하는데   30

한쪽[3]은 베드로성당으로 가며 그들의
모든 눈이 그 성[4] 위로 향하고

---

1 로마 교회 첫 안식년, 교황 보니파스 8세 1300년 시작. 로마에 많은 순례자 데려옴.
2 티베르 강 위를 지나, 베드로 성당으로 가는 산틴젤로 다리의 길목.
3 다리 위의 한쪽 길.
4 산틴젤로 성.

다른 쪽은 그 산[1]으로 움직이듯이

양쪽이 그 음울한 바위를 따라
뿔 달린 마귀들이 죄수들의 등짝을
거대한 채찍으로 후려치는 걸 보았다.

오, 어떻게 마귀들이 그런 죄수들의
발뒤꿈칠 번쩍 차올리게 때리는지!
아무도 둘째 채찍 걱정을 않는다.

내가 가면서 우연히 하나가 눈에   40
띄어서 주시하다가 외쳤다.
"거기 누군가 분명 전에 본 적 있다."

멈추고 그를 알아내려고 하니 내 정중한
안내자 또한 서서 나에게 좀 더
뒤로 가보라고 허락했다.

그가 시선을 낮추면 자신을 숨기려고

---

1 지오다노 산은 티베르강 쪽의 작은 언덕, 산틴젤로 성의 반대.

벌 받는 혼이 생각했으나 다 소용없으니
내 말하길 "오, 눈을 내리깔고 가는 너.

네가 알려진 그 꼴이 거짓 아니면 변덕의
베네디코일 거다. 카치아네미코![1]　　　　　　　　50
뭐가 널 그리 곱게 절여 놓았느냐?"

그가 답하길 "난 말하고 싶지 않으나
분명한 네 말씨가 그 옛날 내 살던
세상 모두를 돌아보게 강요하는구나.

난 뚜쟁이 중 하나여서 결국
기소라벨라와 마르퀴스 사이에서 어쨌거나
남자들끼리 그 더러운 말을 하게 했다.

나만 이 구덩이 속 유일한 볼로냐 사람이
아니다. 참말 여긴 그들로 너무 꽉 차서
사벤나와 레노 강들[2] 사이에는　　　　　　　　　60

---

1 볼로냐 출신 겔프당 지도자, 자신의 누이 기솔라벨라를 에스테의 마르퀴스에게 팔았다.
2 볼로냐 통제 아래 지역. 이곳엔 살아 있는 볼로냐 인구보다 더 많은 죽은 자들이 있다고.

적은 수만 시파sipa[1]를 사용한다.
네가 이를 확실히 하고 싶으면
탐욕으로 유명한 우릴 기억해라."

그가 말할 때 마귀가 채찍을 내리치며
외치길 "분명히 해라, 이 뚜쟁이야!
여긴 널 위해 돈 줄 여잔 없다."

나는 돌아서 안내자를 따라잡아
얼마 걷지 않고 그쪽으로[2] 치닫는
바위 가장자리로 왔다.

쉽게 삐죽삐죽한 바닥으로 올라서   70
오른쪽으로 둥근 호를 그리며
영원히 움직이며 도는[3] 거길 떠났다.

능선 위로 왔을 때 그 아래로 채찍을
맞는 자들의 구덩이 길이 있어

---

1 볼로냐의 방언으로 시si는 예yes.
2 이곳의 다리들 중, 하나. 앞의 14-18에서 언급.
3 뚜쟁이와 유혹자들의 징벌.

내 지도자가 말하길 "지금 멈춰서 너의

눈을 끄는 악한 태생들을 더 보도록 해라
우리가 같은 방향으로 걷고 있어서
누구인지 여태 아무도 못 보았으니."

그 오랜 다리 위에서 무리를 내려다보니
다른 쪽에서 우리를 향해 오는데   80
다른 자들처럼 채찍에 쫓긴다.

친절한 안내자가 내 묻기도 전에
말하길 "다가오는 막강한 자를 봐라,
모진 고통에도 우는 듯 보이지 않는구나.

어떻게 아직도 제왕의 면모를 그대로 지녔는지!
황금 양털의 콜키스 남자들을 그의 담력,
간계로 약탈했던 제이슨이기[1] 때문이다.

그가 램노스 섬에 도착해서 거기 살던

---

[1] 아르고 호 선원들의 지도자. 콜키스 섬으로 황금 양털을 찾아 항해. 여자들을 유혹한 징벌.

무모하고 무자비한 여자들이 그 모든 남자들이
죽음에 이르도록 포기하게 했던 자다.   90

온갖 사랑의 말들, 아첨의 구절들로
힙시파일을 속였고 그 여자 이전엔[1]
다른 여자들을 속였었지.

그는 임신한 그녀를 홀로 두고 가버렸다.
그런 죄로 그는 저런 벌의 저주를 받는다.
메데이아도 같은 시간에[2] 그에게 복수한다.

그런 온갖 종류로 속인 자들이 다 있다.
그런 독니에 물린 모두에 관한 게
이 골짜기에 관한 모두다."

우리가 벌써 좁은 등성이로 와서   100
둘째 둑을[3] 건너는데 그건 또 다른
다리를 지탱하는 어깨 같다.

---

1 그녀가 아버지를 죽이려고 가장, 렘노스의 다른 여자들도 그렇게 속았다.
2 콜키스 왕의 딸, 황금 양털을 얻게 제이슨을 도운 건 결혼을 약속해서다. 후에 그녀를 배신.
3 여덟째 원의 두 번째 구덩이, 첫 번과 갈라지는 곳.

재갈 물린 사람들이[1] 분개해서 훌쩍여
소릴 죽여 울면서 자신들을 때리며
다음 층으로 내려가는 게 보였다.

거기서 더러운 냄새가 뿜어나는데 그들이
구덩이 밖으로 일어나면 이게 그들의
눈과 코를 불쾌하게 뒤덮어서다.

그 구덩이 바닥은 꽤나 깊고 캄캄해
볼 수 없어서 다리의 툭 튀어나온 데까지   110
기어오르지 않을 수 없었다.

그 지점에서 그 혼들이 지구의 화장실
분뇨에서 모두 흘러든 배설물 속을
허우적대는 걸 내려다볼 수 있었다.

그 모든 주위를 살피다 머리에
배설물을 뒤집어쓴 하나를 봤는데
성직자인지 보통 사람인지 알 수 없다.

---

1 이런 죄인들은 더러운 아첨을 했기에 이런 끝을 본다.

그가 노호하길 "왜 너는 우리 모두
더러운데 나만 탐욕스레 응시하느냐?"
내가 그에게 "왜냐하면 널 알 듯해서다.   120

네 머리가 말랐던 때 늘 알던 자니
알레시오 인테르미넬리 루체세 가문!¹
그게 내가 널 유심히 본 이유다."

그가 앞이마를 탁 치며 대꾸하길,
"이 모든 아첨꾼들을 위해 여기 잠겼는데
이들을 위한 내 혀가 지치지 않아서다."

내 안내자가 말하길 "힘써라,
머리를 그 앞에서 더 멀리 내밀어
얼굴 하나하나 다 알아볼 수 있게

저기서 봉두난발하고 배설물 묻은   130
손톱들로 자신을 긁으며 엎어졌다 똑바로
서기도 하는 더러운 창녀를 봐라.

---

1 그는 백당이었고 1295년엔 생존해 있었다.

타이스[1]라고 대답했던 자
그녀의 정부가 묻길 '내 널 기쁘게
했느냐?' '대단히 기뻤습니다!'

자, 이제 이처럼 충분히 보았다.

---

1 로마의 극작가 테렌스가 쓴 연극 주인공.

19곡

중부 제8지옥, 3 '성직 매매 죄'

셋째 구덩이 도착. 이곳의 혼들은 신성한 모양의 구멍들 속에 거꾸로 박혀 있음. 허둥대는 다리의 발바닥이 촛불에 타서 고통에 발버둥. 단테가 관심 갖자 버질이 아래로 데려가 대화가 가능해짐. 그중 한 명이 교황 니콜라스 3세(1277-80 통치). 그가 다른 성직 매매 교황들도 많다면서, 보니파스 8세(1294-1303 통치)가 곧 올 테고, 그는 다음 교황 클레멘트 5세(1305-1314 통치)에게 밀릴 거란다. 또한 콘스탄티누스 황제가 교황들에게 했던 기부를 비난. 교황들 권한은 임시 증여라는 그의 질책. 대화하는 동안 니콜라스 3세는 발버둥질 계속. 양심의 고통인지 분노인지, 버질이 단테의 응수에 만족.

오, 시몬 마구스![1] 너희가 다 그 종자들!
너흰 하나님의 신부, 그분의 선하심과
결혼하였는데 막강한 너희의 탐욕이

---

1 '시모니'라는 말은 그의 이름(행8:99-20)에서 비롯한다.

그와 같은 황금과 매음했기에 그런 나팔을
너희를 위해서만 지금 불어야겠구나.
셋째 구덩이에 너희가 정말 있을 만하다!

벌써 그 급경사 위로 올라서자 이는
그 무덤 위인데 바로 그 지점에서
그 깊은 중심 위에 걸쳐 있는 데다.

오, 가장 높은 지혜여! 당신 기술이 하늘과 땅   10
이 사악한 세계에 펼쳐 놓은 걸 보십시오!
얼마나 옳게 당신께선 벌하고 상을 주시는가!

보니까 그 바닥과 가장자리가 쇳빛 돌로
움푹 들어간 구멍들이 다 둘러 있는데
그 모두가 같은 크기라서

더 좁거나 더 넓은 게 없어 내 마음 속
사랑하는 산 지오반니의 것을 닮았는데
사제들이 서서[1] 세례를 주던 데다.

---

1 피렌체의 산 지오반니 교회는 두오모에서 몇 야드 떨어진 세례당. 세례를 위한 자리가 남아 있지 않으나, 피사의 세례당에서 볼 수 있고, 사제들이 서서 세례 주고 발을 말리기 위한 수직의 욕조들이 있던 매우 큰 성수반.

그중 하나에서 누군가 수년 전 질식하는 걸
막고자 내가 이를 깼는데 모두가 속지 20
않게[1] 이를 봉해 버립시다.

돌구멍 입구마다 밖으로 각각 하나씩
죄인의 발들이 삐죽 나와 다리들만
보이고 나머지는 그 속에 들어 있다.

그 발들 발바닥엔 불이 놓여서
그 관절들이 그리 떨리는 경련에 씰룩여
전선과 밧줄로 묶어도 끊을 듯하다.

기름을 잘 바른 물건 위의 화염처럼
그 표면을 따라 깜박거리며 타기를
발뒤꿈치부터 발톱까지 타고 있다. 30

"오, 주인님! 그 혼은 누굽니까, 발을 차며
다른 동료보다 분명 심한 고통을 받는 자,
더 빨간 불꽃이 핥고 있는 저 작자는?"

---

1 성수반에 한 아이가 빠져 질식할 순간에 단테가 이를 깨트려 구한 경험담 진술.

내가 묻자 그가 말하기를, "좀 더 아래로
짧은 둑이 누운 데로 내려가면
그가 자신과 그 죄를 네게 말할 거다."

내가 그에게 대답하길 "당신 소원이 나의 명령이니
당신은 주인이고 당신 뜻이 나의 것,
내 말하지 않은 걸 당신은 아십니다."

우리가 넷째 보루 위에 오자 거기서　　　　　　　40
돌아 왼쪽으로 돌아 내려가는데
안쪽이 좁아져 꿰뚫린 구멍 같다.

친절한 주인이 내 곁을 떠나지 않고
발들로 그의 비탄을 나타내던
그 구멍 아래의 그에게로 날 데려갔다.

"오, 여기 끼여서 당신 발을 머리로 하고
땅속에 막대처럼 꽂힌 슬픈 혼이여!
내 말하니 할 수 있음 한 마디 하시오."

그때 내가 그에게 숙인 건 한때 죄를
고백한 살인자가 심겨진 그 문[1]에서 죽음을   50
지키는 사제가 불러 보듯이 하였다.

그가 울부짖길 "그래, 네가 벌써 거기
섰느냐? 응, 보니파스냐[2], 거기 선 게?"
책은[3] 수년 앞을 내다보고 써야만 한다.

"너는 그때 너와 결합한 그녀를[4]
속이며 거리낌 없이 취한 재물로
벌써 아주 꽤나 정말 포식했지?"

그에 난 무슨 벙어리마냥 서서
이해를 못해 대꾸도 못 하고 그가 모욕한다고
생각할까 아무 할 말도 못 찾았다.   60

그때 버질이 말하길 "즉시 답해라.
넌 그자가 생각한 자가 아니라고 해라."

---

1 당시 고용한 암살범들이 죄를 고백하면 거꾸로 구멍에 처넣고 흙을 채워 질식사시켰다.
2 당시 교황 보니파스 8세의 심한 재물 탈취 악행 질책. 그 운명을 시의 적절 풍자.
3 단테 자신이 앞을 보고 쓴다는 해학.
4 거룩한 교회.

그래서 나는 지시대로 대꾸했다.

그러자 그 영이 발들을 움츠리더니
절망 가득한 목소리로 한숨짓고 답하길
"그럼 네가 원하는 게 뭐냐?

그 문제를 풀려면 네가 더 내려가면 쉽게
내가 누군지 알 테니 그때 들어라.
난 막강한 내 자신의[1] 외투를 가졌다.

내 큰 탐욕으로 그 곰의[2] 참된 아들로서　　　　　　　70
새끼들을 키우자고 거대한 부를 저 위
세상에서 챙겨 여기 갇혀 있다.

벌써 땅 아래로 내 머리는 던져지고
내 앞서간 이런 모든 자들은 성직 매매자다.
그들이 이 구멍 아래 한 무더기로 쌓여 있다.

나도 그들 모두에게 떨어질 거라서

1　교황.
2　교황 니콜라스 3세는 오르시니 가문. '오르소'는 '곰'. 교황이 곰처럼 탐욕스러웠다.

너라고[1] 착각해 경솔히 질문했는데
그가 도착하는 게 좋겠다.

나는 벌써 여기 오래 머물며 거꾸로
박혀 내 발들을 요리하니 그가 심겨질   80
그땐 그의 발들이 밝은 빨강일 거다.

그다음 몇 년 지나면 또 다른 더 나쁜
무법의 양치기가 서쪽에서[2] 올 텐데
우리 둘이 같이 덮어야 알맞을 자다.

그가 제이슨 같으리니 마카서에서
읽은 듯이 친절한 왕이던 자로서
프랑스 왕이 그 왕의 지휘를[3] 뒤따를 거다."

이쯤 해서 난 꽤 대담해져 긴장의 뒤틀림 속에
그에게 말했으니 "지금 내게 말하시오,
얼마나 많은 재산을 우리 주께서   90

---

1 교황 보니파스 8세.
2 교황 클레멘트 5세. 가스코니 출생. 아비뇽으로 천도, 1309-77. '바빌론 포수'로 불림.
3 마카비2서 4:7-26에서 제이슨이 안티오커스 왕에게 뇌물을 바쳐 대제사장이 됨. 그처럼 클레멘트 5세는 공정 왕 프랑스 필립에게 뇌물로 교황권을 샀다.

베드로에게 그분 열쇠들을¹ 맡기려고
넘기기 전 요구하셨는가를, 그분의 확실한
모든 말씀은 오직 '나를 따르라'²요.

사도들 또한 그 저주받은 혼³의 자리를
채우고자 맛디아를 선택할 때
그에게 대가를 받지 않았소.

고로 거기 머물러 당신 형벌 책임이나 지소.
앙주의⁴ 찰스에 대항해 대담하게
취득한 그 부정한 이득이나 잘 관리하면서.

내가 여전히 존중하는 베드로의 열쇠들,   100
당신이 사는 동안 당신 책임이던 그 기쁨의
열쇠들이 나를 지금 억제하지 않는다면

내가 쓰는 말들이 더 예리해졌을 겁니다.

1　'하늘 왕국의 열쇠들'(마16:19)
2　마4:19을 참고.
3　유다 이스가롯. 행1:13-26 참고.
4　니콜라스 3세는 앙주의 찰스 1세 통치에 거역하는 음모를 지지해 뇌물 받고, 1282년 시실리아의 베스페르스로 알려진 학살 초래.

왜냐면 당신의 탐욕이 세상에 끼친 게
선을 짓밟고 사악을 추키며 어울린 때문이오.

당신들은 계시록이[1] 데려온 목자들이니
요한에게[2] 보인 그 물들 위에 앉은 여자가
왕들과 간통하려는 때임을 염두에 두시오.

그녀는 태어날 때 머리가[3] 일곱이고
열 개의 뿔에[4] 힘과 먹을 걸 끌어와   110
그런 오랜 덕성에 그녀 신랑이 기뻐했소.

그대 간통인들 사이에 무엇을 더하겠소?
당신들은 금과 은만 신성시했소.
그걸 하나로 숭배해 백 개의 신을 섬겼소.

오, 콘스탄틴! 모친에게 악을 행하다니!
아니 넌 개종한 게 아닌, 그 지참금이니

---

1 계17. 그 여자는 교회, 그녀의 신랑은 교황. 교회와 교황 모두 타락했음을 비난.
2 사도 요한.
3 일곱의 성 예전.
4 십계명.

네가 그 첫 부친에게 받은 거다!"[1]

내 아직 이런 주요 대목을 되뇌는 동안
그가 분노나 양심에 쏘였는지 어쨌는지
양쪽 발들을 심하게 계속 걷어찼다. 120

내 정말 믿으니 내 안내자가 기뻐했음을.
그가 아주 만족했으니 내가 한 이런
진실의 말들을 세심히 잘 들었기 때문이다.

그가 그의 팔로 다시 날 품어서
위로 데리고 올라가는데,
우리가 내려온 그 길을 돌아서 갔다.

그가 지치지도, 나를 놓치지도 않고 그 길의
제일 높은 데 도달했으니, 네 번째에서
다섯째 구덩이로 내려가는 데다.

---

1 교황 실베스터 1세(약 314-35). 로마 제국 황제 콘스탄티누스가 기독교 개종이 312년인데, 그가 제국의 수도를 로마에서 비잔틴으로 천도할 때 서로마의 잠정 권력을 교회에 준 것이 막강한 재산권임. 소위 '콘스탄티누스의 기부'에 관한 질타.

여기서 그가 부드럽게 그의 짐을 내리니   130
왜냐면 그 가파른 등성이는 거친 길로
염소 한 마리가 밟을 수 있는 데 같아서다.

거기에 다른 골짝이 보였다.[1]

---

1 다섯째 구덩이.

20곡

중부 제8지옥, 4 '점술 죄'

다양한 종류의 주술사들을 볼 수 있는데 특히 점쟁이들. 그들의 형벌이란, 인간 지식의 한계를 초월한 운명뿐이었기에 익살맞은 꼬락서니. 버질이 이 죄수들에 동정을 갖지 말라 경고. 이들과 단테의 대화는 없다. 버질이 단테에게 필요한 정보를 주는데, 테이레시아스라는 전설의 인물, 미카엘 스콧은 그 시대의 역사 인물, 주술사 여인들, 비천한 마술사들. 이런 점술 죄에 대한 단테의 역겨움이 심해 버질만 언급.

이렇게 내려가는 나의 첫 책의 스무 번째
노래 주제를 점점 더 심해지는 고통의
시구절로서 나는 채워야만 한다.

지금 서 있는 데서 그 열려진 구덩이
깊은 속을 내려다볼 수 있으니 신음하며
우는 소리가 홍수처럼 가득하다.

내가 보니 침묵으로 우는 사람들이
그 골짜기 원을 따라 천천히 걷는데
거룩한 축제 행사 때와 같다.

다음에 내 눈이 그들의 얼굴 아래를   10
내려다보니 놀랍다! 그들 각자가
가슴과 턱 사이에서 뒤틀어졌다.

그들 얼굴이 오른쪽으로 완전히
돌아 그들이 필히 뒤를 향해 걸어야 하니
앞을 보는 걸 허용하지[1] 않아서다.

아마 중풍의 가장 나쁜 마비가 이런 식으로
사람을 뒤틀리게 하는 건가. 그렇진
않다는 생각이니 이를 본 적이 없어서다.

지금 신께서 여길 읽는 너흴 도우시길!
독자들이여, 너희가 올바르다면 벌써 상상할 수 있을 것이니 20

---

[1] 점술사들에게 점치러 가는 자들이나 사람을 유혹하는 점술사들은, 하나님께 심한 불경죄를 저지르고 있음. 시급히 닥칠 자기 문제를 자신의 능력으로 최선으로 힘껏 해결할 노력 없이 자신 인생을 포기하고 회피하는 일이기 때문.

내 울음을 참을 수 있으리라고.

그들을 그리 가까이 우리 상상으로
그리 비틀어진 걸 보았다면 그 눈물들이
그 갈라진 엉덩이 틈새로 흐른다는 걸.

물론 내가 그 삐죽삐죽한 등성이 낭떠러지
위에 기대서 우니까 내 안내자가 말하길,
"너도 저 다른 자들만큼이나 어리석으냐?

이들이 죽었는데 동정이라니, 신의 마지막
심판이 일단 선언되었는데 이들이 이를
업신여긴 것보다 더 사악한 게 또 있느냐?   30

들어라, 들어, 머릴. 테베인들 눈앞에서 땅이
입을 벌린[1] 그를 네가 보기까지 그에게
그들이 외치길 '어디로 내려가느냐,

암피아라우스야, 왜 싸움터를 떠나니?'[2]

---

1 글자 뜻 그대로다.
2 암피아라우스는 테베를 포위했던 일곱 왕들 중 하나(지옥14곡 68-69와 주). 그는 정확히 자신의 죽음을 그 전쟁터에서 보았다.

그가 곧장 미노스에게 우리 모두를
붙잡는[1] 그에게로 떨어진 자니까.

그 가슴이 있을 데에 어깨가 있음을 주시해라
그가 너무 먼 앞을 보려 원했기에
그는 뒤만 보고 뒤를 향해 걷는다.

테이레시아스 다음엔 모습이 변했던 자로   40
남자였다가 여자로 바뀌어서
그 가족들 모두 완전히 변했다.

그다음 그가 다시 교접하는 뱀들을 그의
지팡이로 타격을 가해 다시
전의 남성다움으로[2] 돌아왔다.

배가 등에 있는 아룬스[3], 그는 카라라의
루니 언덕 아래 땅을 경작하는 자들과
함께 사는 걸 발견했는데

---

1 지옥5곡 4-12 참고.
2 그 전설은 짝짓기 하던 뱀들을 쳐 갈라놓자 테이레시아스가 여자로 변했다고. 7년이 지나 같은 뱀을 다시 치자 다시 남자가 되었다.
3 투스카나의 점쟁이, 폼페이와 시저의 전투, 그다음 승리 예언.

흰 대리석 돌 틈 외로운 동굴에
집을 짓고 살아 거긴 바다와 별들이   50
항상 있어 훤히 보이는 데다.

그녀가 헐거운 열쇠를 사용하는데
가슴에 감추어 너흰 볼 수 없다.
그 다른 쪽엔 털 많은 여자가 있는데

그녀는 만토[1]로, 멀리 넓게 살피며 다녔다
그녀가 마침내 내가 난[2] 곳에 정착해
이 주제에 관해 무언가 말해야만[3] 한다.

그녀 부친이 속세의 괴로움을 벗고 죽자
바쿠스의 거룩한 도시[4]는 속박을 받아
그녀는 오랫동안 세상을 돌며 방황했다.   60

이탈리아의 사랑스런 호수가 있는데

---

1 테이레시아스의 딸.
2 만투아.
3 만투아가 세워진 근거는 버질의 『아에네이드』 10장 198-200에. 단테는 도시 기반이나 이름이 제비뽑기나 점에 의하지 않은 점 주목.
4 테베.

티롤의 북쪽 베나코[1]라 부르는 데로
독일과 국경 짓는 산맥 아래다.

내 생각에 천 개도 더 넘는 시냇물들
바테 가르다 발 카모니카 페닌노가
그 위의 호수에서 다 흐른다.

그 호수 중앙엔 세 주교의 장소[2] 트렌트
브레시아 베로아가 있으며 그들이
늘 하던 대로 갔다면 우릴 축복했으리라.

아름답고 튼튼한 요새 브레시아 베르가메가   70
페스키에라에 맞서는데 가장
낮은 지역인 해안에 서 있다.

거기서 모든 물들이 베나코의 가슴에
머물 수 없어 흘러넘친다. 이 강은
수많은 초록의 들판을 통해 흐른다.

---

1 현대의 가르다 호수.
2 현재 레치로 알려진 섬인데 세 주교들 주제에 맞춘 교회가 있다.

이 물이 흐르기 시작한 순간을 사람들이
베나코가 아닌 민치오로 아는데 이는
고베르노로에서 포강과 합류한다.

이는 짧은 길을 지나 평지에 이르고
여기서 퍼져 늪지로 들어가   80
때로 여름엔 이 흐름이 마른다.

그녀가 그리로 와서, 그 이상한 처녀가
찾은 건, 그 늪 한 가운데 경작 흔적 없이
사람이 전혀 살지 않는 땅이었다.

거기서 모든 인간과 접촉을 끊고
그녀와 그 종들이 머물며 그녀 기술[1]을
추구하며 살다 영 없는[2] 육신을 남겼다.

그때 거기 같이 살던 사람들이 주변으로
흩어졌는데 이론상으론 거길 두른 늪들이
이를 가로막고 있었기 때문이란다.   90

---

[1] 마술 행위들.
[2] 점쟁이인 그녀의 영혼 없는 일생 비유.

그들이 그녀의 죽은 유골 위에 도시를 짓고
이를 만투아라 불렀으니 그녀가 택한
점복은 아니지만 그녀가 남긴 거다.

한때는 거주자들이 아주 많았으니
카사로디의 어리석은 자가 피나몬테의
교활한 책략[1]에 사로잡히기 전까지다.

그래서 내 제안하니 나의 도시 탄생의
다른 기록을 일찍이 네가 보았기에
진리를 벗어난 우화를 따르진 말자."

"스승님." 내 답하길 "당신이 말한 모든　　　　　　100
사실이 설득력 있어 다른 이야기들과
비교하면 그건 먼지와 재 같습니다.

말해주세요, 이 움직이는 자들 중
당신이 봐서 주목할 만한 누군가 있는가를.
온 마음이 그 하나에만 돌아가니까요."

1　알베르토 다 카살로디는 만투아의 겔프, 기벨린 군주에게 귀족들, 사람들 추방하란 설득 당함. 이후 피나몬테가 1272년 그 도시 획득.

그가 말하길 "수염이 뺨에서 흘러
거무스레한 어깨까지 내린 그 남자가
그리스 요람에[1] 남자 아기들이 없어

그리스에 남자들이 거의 없었던 그때
아우리스에서 칼차스[2]와 같이한 점쟁이로   110
그 탯줄을 자를 시간을 고친 자로

유리필러스[3]다. 나의 고급 비극 어떤 한 구절에
그를 언급한 걸 네가 보았을 거다
거길 네가 다 읽었으니 알 거다.

저쪽엔 미카엘 스콧[4], 그 엉덩이가
훌쭉하니 정말이지 참으로
모든 마술 곡예와 술책을 알고 있었다.

---

1 그 사람들 대부분 트로이를 향해 출항.
2 한 유명한 점쟁이, 인간 제물을 희생하면 그레시안 함대에 유리한 바람이 불어온다 했다.
3 트로이로 출발 전 아폴로 신전에 신탁 의뢰하라고 보낸 점쟁이.
4 버질은 그의 『아에네이드』를 '비극'이라 부름.

지옥 20곡   231

귀도 보나티[1]를 봐라, 아스덴테[2]도
실과 가죽에 묶이기를 바랐으나
그들의 회개는 너무 늦게 왔다. 120

점쟁이들이 되고자 물레, 북과 방추와
바늘을 포기한 그 슬픈 여자들도 보아라,
풀잎들[3], 때론 밀랍 모형[4]과도 일을 했다.

자, 이제 우린 가자. 벌써 양쪽 반구의 경계에
다다른 카인의 지역이기 때문이니
세빌 아래서 그 가시[5]들에 물이 흐른다.

달이 찬 마지막 밤을 너는 정말로
기억해야만 하는데 그 처음 암흑 숲에선
달이 조금도 도움이 되지 않았음을."

이런 게 우리가 걷는 동안 그가 한 말이다. 130

---

1 스코틀랜드의 의사, 철학자. 프리드리히 2세 궁정에 있었다.
2 또 다른 프리드리히 2세 궁정의 점성가.
3 마술을 위해 마시는 약들.
4 인형들로 핀들을 넣거나 혹은 녹아내릴 수 있어서 사람들에게 글자로 점치는 데 사용.
5 단테가 헤맨 암흑의 밤에 보름달이란 암시와 마지막 지옥 명칭이 카이나, 그곳에 가깝단 의미. 달의 어두운 부분에 카인이 있다는 옛 전설.

21곡

중부 제8지옥, 5 '관직 매매 죄'

구덩이를 들여다보니 깜깜하고 역한 냄새. 끓는 역청 속에 관직이용 매매한 자들의 벌. 검은 마귀가 달려오는 걸 보니 어깨에 인간 육신을 둘러메고 있어 단테가 겁내니 버질이 한 바위 뒤에 숨으라 하고 마귀들과 교섭하러. 버질이 협의하고 오는 데도 두려운 단테. 마귀들 대표가 부하들의 단테 공격 제지, 그중 열 명을 골라, 두 여행자 여행 안내하라고 딸려 보낸다. 단테 두렵지만 버질 태평. 마귀들의 괴상한 호위로 여행 계속.

우리가 다리에서 다리로 여행하며
내 노래에서 언급 안 한 걸 말하면서
다리 높은 데로 올라 왔을 때

우리가 그 말레볼제[1]의 다음 틈을 보니까

---

1 말레볼제Malebolge는 단테가 창안한 낱말. '악의 주머니들'이란 뜻. 이를 구덩이라 칭했다. 고위 직위를 부정하게 남용해서 매관매직을 했던 자들이 갇혀 있는 구덩이다.

헛된 눈물들의 새로운 장치로서
내겐 불가사의한 암흑이었다.

베니스 사람들이 겨울에 조선소에서
끈적끈적한 역청을 끓여 물이 새는 배들의
배의 널 틈을 메우려 일할 때처럼 그들이

항해를 할 수 없는 시기에 한쪽은 배를   10
수리해 새것처럼 새롭게, 다른 쪽은 많은
항해를 한 배의 양옆의 구멍을 막는다.

몇은 이물과 고물의 못질을, 한쪽에선
몇이 노를 손보고, 밧줄 해진 걸 새 걸로,
몇은 삼각돛을, 몇은 큰 돛대를 수리한다.

그런 불이 아니라 여기는 신의 기술로
끈끈한 역청이 퍼지며 끓어 넘쳐서
그 구덩이[1] 온 주변에 들러붙는다.

---

1 베니스의 해군 병창은 1104년 건립, 유럽의 가장 중요한 조선소 중의 하나. 당시 베네치아 공화국 해운업은 막강한 해상 권력 행사.

난 거의 다 봤으나 속은 볼 수 없고
오직 표면에 올라오는 거품뿐인데   20
이들 모두 부풀었다가 다시 잠잠해진다.

내가 이를 응시하는 동안 내 안내자가
별안간 말하길 "저걸 봐라, 저걸!" 하며
나를 그의 옆으로 다시 잡아당긴다.

내가 돌아보고 무엇엔가 열망한
도망에서 갑자기 닥친 공포로
기운이 빠져버린 누군가처럼

멈추진 않은 채 뒤를 돌아보니
검은 마귀 하나가 우리 뒤에서
그 바위 틈새로 우리 쪽으로 달려온다.   30

무슨 마귀인가! 얼마나 끔찍한 광경인가!
그가 들고 오는 게 얼마나 무자비한지
발길을 가볍게 날개를 활짝 폈다!

한쪽 어깨가 높이 꼽추처럼 솟았는데
한 죄수의 허리 부분이며 앞으로는
그가 짊어진 자의 발목을 잡고 있다.

그가 다리에서 외치길 "여길 봐, 갈퀴 쥔 자들아!
산타 지타[1]에서 장로 하날 데려 왔다!
그를 아래서[2] 찔러라! 난 서둘러 가야 하니.

왜냐면 그를 잡은 도시엔 그렇게 많은   40
수뢰인들 천지니 늙은 본투로[3]만 빼고는
돈[4]을 위해 '아니'라 할 걸 '예'라 한 자들이다.

그가 바위 벼랑 위에 그를 팽개치고 돌아서길
일찍이 어떤 경비견도 도둑 하나 잡으러 그렇게
사슬을 벗어난 적 없을 만치 빨랐다.

그 죄수가 뛰어들어 역청처럼 시커멓게 되었다.

---

1 277년 죽은 루카시민의 여자 행정관. 관직 매매로 벌 받으나 성직 매매가 분명. 단테를 피렌체에서 쫓아낸 겔프 흑당에서 요구.
2 끓는 역청 속으로.
3 본투로 다티는 그 누구보다 나빴다는 비유.
4 선거권을 파는 것에 대한 맹타.

그것에 "그 거룩한 얼굴을 여기로 내밀어라!"[1]
다리 곁에 숨어있던 마귀들이 외쳤다.

"여긴 세르키오[2]에서 수영한 것과 다르다!
네가 우리 갈퀴 맛을 보고 싶지 않으면   50
끓는 타르 위로 네 머리가 찍히지 않게 해라."

그들이 굶주린 그들 이빨을 그에게 대려고
백 개의 갈퀴로서 말하길 "거기 숨어 훔쳐라,
여전히 남몰래 그 짓을 할 수 있다면."

요리할 때 냄비 속 고기가 떠오르지
않으면 부엌데기들이 긴 포크를 가지고
아랠 저서서 찍어내듯 마귀들이 똑같이 한다.

"그렇게 네 존재는 숨겨 머물게 될 거다."
친절한 스승이 말하길 "너는 방패처럼
가려줄 저 바위 뒤에 웅크리고 있어야겠다.   60

---

1 지상에서 거룩한 얼굴, 즉 성직으로 지내며 몰래 뇌물 받은 징벌이 역청 속에서 끓는 괴롬 받는다는 조롱.
2 루카 근처의 강.

내가 견딜 분노가 무엇이든 간에
두려워 말라. 내 이 모두를 처리하마.
전에[1] 한 번 이런 시시한 언쟁을 했으니."

그가 다리 끝까지 걸어가서
여섯째 제방 위에 왔을 때 생각지
못한 더 큰 어려움을 발견했다.

태풍처럼 격노한 개들이
어떤 걸인이 적선을 하러 대문 앞에
멈추자 급히 달려드는 것처럼

그 다리 아래서 마귀들이 날아와 갈퀴를   70
그에게 겨냥해 겨누었으나 그가 외치길
"너희 모두 진정해라, 진정해!

너희들 갈퀴를 내게 쓰기 전 먼저
너희 중 하나가 한 발 나서 내 말을 들어라.
다음에 나를 잡는 게 현명할지 보아라."

---

1 버질이 지옥에 전에 온 걸 말한다. 지옥 9곡 22-30에 언급.

이에 그들이 투덜댔다. "악의 꼬리가 앞서라!"
그러자 하나가 움직이고 다른 게 기다려서
그를 향해 질문하길 "이게 뭐가 좋겠냐?"

"악의 꼬리야, 상상하겠니? 벌써 난 여기까지
아주 먼 데서 온 걸. 나를 막는 데 실패한   80
너희에게서 다치지 않은 건

하나님의 뜻인 은총이 아니겠냐?"
"우리가 지나게 해라. 이는 하늘의 명령이니,
이 거친 길의 또 다른 면을 봐야만 한다."

악의 꼬리가 지금 완전 절절매다 자신 손의
갈퀴가 미끄러지는 걸 느끼며 다른 자들에게
말하길 "그가 여길 떠나게 해 드려라."

버질이 내게 말하길 "너 거기 다리 위
바위들 뒤에 웅크려 있는데 나와라
두려울 게 지금은 아무도 없으니."   90

내가 나와서 안내자를 향해 달리는데
마귀들이 앞으로 다 천천히 움직이기 시작해
그 말을 지키는 게 나는 놀라웠다.

난 피사의 보병들을 기억하는데
적에 포위된 두려움 속에 카프로나에서
안전한 지휘 아래 다가오던 모습이다.

난 안내자 옆에 바짝 붙어 가며
눈을 그들에게서 떼지 않았는데 그들 태도가
친절해 보이지 않고 미심쩍어서다.

그들이 갈퀴를 낮추고 "내가 그를 건드릴까?"　　　100
하나가 다른 마귀들에 묻자 "뒤에서?"
그들이 모두 답하길 "그를 덮치자!"

내 선한 안내자와 협상한 악의 꼬리가
그 부산스러움을 돌아보고 말하길
"볼 위빌, 서둘지 말거라!"

"너희가 더는 이 등성이로 갈 수 없는데"
그가 우리에게 "왜냐면 저기 아랜 부서져
오직 여섯째 다리 부스러기뿐이다.

너희가 정말 더 가길 바라면
너희 길을 이 제방만 따라라.   110
근처의 다른 다리가 너희 길[1]일 수 있으니.

그 다리가 여기서[2] 부서진 지가
어제 이 시간부터 다섯 시간 지났고
일천이백육십육 년이 지났다.

내가 열 사람을 그리 보내 찾게 할 테니
공기를 쐬려는 자들이 있으나 더는 말썽 피우진
않을 테니 그들과 함께 가라."

"한 발 나오라, 알키노, 밟힌 개구리."
그가 명령을 시작하니 "너 사악한 개,
곱슬 수염을 그 분대에 명한다.   120

---

1 여섯째 다리가 부서진 건 맞지만 근처에 다른 다리는 없다.
2 십자가 수난 때의 지진의 여파. 1260년은 단테가 36세 되던 해.

사랑의 노치 앞에 나와라, 작고 큰 용,
뻐드렁니 큰 돼지, 긁어대는 개,
나비 그리고 미친 빨강 얼굴.

끓는 역청 주변을 언제나 둘러보고 수색해라.
그리고 이 한 쌍이 다리처럼 구덩이들을
안전히 건너기까지 서둘러라."

"스승님." 내가 "아니, 대체 이게 뭡니까?
우리끼리 갈 수 없나요? 이런 안내 없이요.
길만 아신다면 우린 호위가 필요 없어요.

지금까지 당신은 꽤 영민하셨는데
어떻게 그들 모두 이를 갈며 검은 표정으로
양날 칼만 보는 걸 못 보십니까?"

"내가 널 두렵게 하진 않는다." 그가 답했다.
"그들 맘대로 만족하게 이를 갈게 놔두자.
그들은 끓고 있는 비열한 자들만 생각한다."

그들이 왼쪽의 등성이를 따라 돌았다.
먼저 그들 혓바닥을 신호처럼 밖으로 내서
그들 무리 지도자에게 인사하니

그가 궁둥이로 나팔을 불었다.

22곡

중부 제8지옥, 5 '뇌물 수여 죄'

단테가 목격하고 들었던 중세 전투를 생생히 묘사하여 마귀들 호위 조롱, 그들의 어리석음과 끓는 역청 속에서 고통받는 관직 매매라는 죄의 무게를 한껏 비웃는 조롱. 두 여행자 거기서 빠져나옴. 단테의 죄질 분류와 그 죄에 맞는 맞춤형 형벌을 통해 그의 유쾌한 기지 가득한 상상력 엿볼 수 있음.

나는 기병 부대가 공격을 준비하려고
소집해 행진하는 걸 보았고 심지어
그들이 후퇴한 자들의 구타까지 보았다.

오, 아레틴 인들아! 너희들 땅 위에서
기병들이 무릴 져[1] 서로 돌격하는 걸 봤는데
마상 창 시합 경기처럼 소란했다.

---

1 단테는 캄팔디노 전투를(1289) 묘사. 아레쪼의 기벨린이 피렌체의 겔프에게 패했다.

때때로 나팔들, 종들[1], 북들을 치는데
몇은 내부에서, 몇은 외부에서 고안한
신호를 성탑에서 보내면 이에 따랐다.

아직까지 나는 보병 또는 기병들이   10
배의 키를 지표나 별들로 움직이듯이
방귀를 터트려서[2] 움직이는 건 본 일이 없다.

그런 마귀 열 명이 우릴 안내하겠다니
얼마나 야만스런 무리들인가! 그들이 말하듯
"교회엔 성자들 술집엔 건달들이 있다."

내 모든 관심이 그 역청 위로 갔다.
그 구덩이서 불타는 모든 사람을
하나씩 알아보길 원해서다.

돌고래가 등을 둥글게 하면서 호를 그리면

---

1 이탈리아의 주마다 카로치오 혹은 전투 우차가 있어, 소들이 끌고 종으로 장식. 이들이 전투에 집결하는 장면을 소리로 묘사.
2 지옥21곡 139에 언급한 신호.

수병들이 난파가[1] 임박한 배를 구하고자 20
신호를 보내는 것처럼

꼭 그처럼 고통을 줄이고자
죄수들 중 하나가 등을 보이더니
번개처럼 빨리 다시 그 속에 숨었다.

이에 그 가장자리에서 웅크린 개구리들이
물 밖으로 몸과 발은 안 보이나 주둥이로
물만 한 모금 콕 찍듯이 하는데

그렇게 여기 곳곳엔 죄수들이 웅크렸다.
바로 그때 곱슬 수염이 다가오니까
빠르게 끓는 역청 속으로 그들이 숨었다.

내가 본 아직도 괴로운 기억 중 한 죄수가 30
느리게 움직이자 개구리 하나가 느리게 움직여
다른 것들이 재빨리 잠수하는 듯했다.

---

[1] 오랜 전통으로 돌고래들은 다가오는 폭풍을 수병들에게 경고한다고. 한 죄수가 돌고래처럼 튀어올라 마귀들에 잡히면, 그가 치를 일을 다른 죄수들에게 경고한다. 지옥의 괴로움을 경쾌한 돌고래에 비하며 이 지옥의 암울함을 읽는 독자들을 위로하는 묘사.

가장 근처에 있던 마귀, 긁는 개로 보이는데
그의 갈퀴로 검은 역청 속을 찔러 그를 잡아
올리니 마치 수달 한 마릴 똑 닮았다.

벌써 내가 그 이름들을 안 건 그들이 뽑힐 때
조심해서 듣기보단 그들이 서로를
부를 때 주의했기 때문이다.

"지금 빨강 루비야, 등가죽을 벗기는 건   40
네 손에 달렸으니 긴 발톱을 아끼지 말라!"
저주받은 마귀들이 다 모여 외쳤다.

내 말하길 "스승님, 제발 당신이 할 수
있다면 불행하게 방금 그의 적들에게
잡힌 사람 이름을 알게 해주세요."

내 지도자가 그에게 아주 가까이 다가가
출생지를 물으니 그 천박한 자가 답하길
"내 고향은 나바레[1] 왕국이었다.

---

1 알려진 바 없다. 관직 수뢰란 항시 상존하니 그 얼마나 공직 사회에 썩은 채 퍼져 있나 풍자.

어머니가 내게 한 군주를 섬기게 했는데
그녀가 나를 낳게 한 낭비가로서 자신을 50
멸하고 가진 전부를 망하게 한 자다.

나 자신은 티보트 궁정의 선한 왕[1]이었으나
거기서 나 자신이 관직 매매자가 되어
그 대가로 이 열기 속에서 인정을 받고 있다."

그때 입술 양쪽을 야생 멧돼지 덧니처럼
불쑥 내민 큰 돼지가 와서 그들 중 하나를
찢어 낼 방법을 찾으라고 했다.

지금 마귀들이 고양이와 쥐처럼 놀려는데
곱슬 수염이 그를 품에 안고 외친다.
"내가 그를 볼 거다! 너흰 비켜라!" 60

그가 내 안내자에게 돌아서 말하길
"질문해라, 알기 원하는 게 더 있다면
빨리 누군가 그를 잡기 전에."

---

1 나바레의 왕 티보트 2세(1253-70).

내 안내자가 죄수에게 "말해라, 그 아래
구덩이에 어느 이탈리아인이 혹 있는지
아느냐?" 그 혼이 답하길 "바로 방금

거기서 그다지 멀지 않은 데서 살다 왔다.¹
난 아직 그에게 감추어지길 원한다!
갈고리와 갈퀴에 찍히는 공포가 없기를."

사랑의 노치가 말하길 "우린 오래 기다렸다!" 70
죄수 겨드랑일 그의 갈퀴로 잡아서
그의 육신을 찢으며 근육을 잡아당겼다.

작고 큰 용이 역시 찢으려고 그 아래를 보고
그의 다리를 찢으니 이에 그 주도자가 오른쪽을
번갈아 돌아보며 그들을 사납게 위협했다.

그들이 점차 잠잠해지더니 죄수도 또한
조용해져 그의 상처를 응시하기에
내 스승이 그에게 어렵지 않게 물었다.

---

1 사르디니아에서.

"네가 말한 대로 네가 나누어진 그 악의
시간에서 나온 그 남자는 누구였느냐?"   80
죄수가 답하길 "오, 그건 수도사인

고미타. 갈루라 출신으로 사기가[1] 가득해
자기 군주의 적들을 자기 통제에 두었던 자로
그들이 좋게 생각한 방식으로 그들을 다뤘다.

그들 돈을 취하고 그들을 다 석방했고
그가 그리하듯 다른 일들에서도
소규모가 아닌 그야말로 천하제일이었다.

로고도로 출신의 미켈레 잔체[2]는 거기서 그와
함께 늘 사르디니아에 관해 말하는데
그 한 주제에 관해 혀가 지칠 새가 없었다.   90

저 이를 갈며 씽끗 웃는 마귀를 봐라!
난 더 말하고 싶지만 그가 방금이라도

---

1 피사의 니노 비스콘티의 대리인, 사르디니아에서 갈루라 지역 판사, 당시 피사 소유. 고미타 수사가 통제하던 죄수들의 도망을 묵인했을 때, 니노가 그를 목매달았다.
2 알려진 게 적다. 사위인 브란카 도리아가 배신해 그를 죽였다(지옥33곡 참조).

내 더러운 살갗을 긁을까 봐 겁난다."

그들 큰 대장이 눈알을 굴리던 나비에게
돌아서서는 그를 때리려는 듯 보였고
명령하길 "가 버려라, 너 더러운 박쥐야!"

"네가 정말 보거나 들으려면"
다소 안심한 그 죄수가 계속하길
"투스칸, 롬바르디아 인들을 이리 데려올 테니

갈퀴 든 자들을 좀 떨어지게 해라. 그럼 내   100
동료들이 그들 보복을 두려워하지 않으리라.
같은 장소에 계속 내가 앉아 있으면

나 하나로 일곱이 나타나게 할 수 있는데
그건 그냥 휘파람을 불어대서
우리 중 하나를 보려고 하는 우리 관습이다."

이를 듣고 지옥 사냥개가[1] 주둥일 들고 머릴

---

[1] 깊은 지옥에서 관직 매매자들이 도망치니 이를 쫓는 마귀들이 사냥개라는 묘사.

흔들며 그들에게 말하길 "저건 꼼수다.
역청 속으로 돌아가려는 방책이다!"

그러자 더 이상 묘안이 없는 그자가
시인하며 "난 정말 꼼수의 단골이다. 110
이런 놀람을 이웃들에 주려고 집착하니."

알키노가 이에 자신을 억누르지 못하고
다른 자들과 달리 말하길 "만일 네가
잠수하면 널 따라 질주하진 못할 테지만

그러나 역청 바로 위로는 날 수 있다.
우리가 이 높이로 날면 방죽을 장막으로
네가 나은지 아닌지를 볼 수 있을 거다."

자, 독자들이여, 이건 가장 특별한 경주!
그들 모두가 눈을 그쪽으로 돌렸는데 처음엔
반대한 그 하나가 먼저 시작했다. 120

그 죄수가 그런 대실수를 보자 잽싸게 행동했다.

그의 양발을 땅 위에 디뎠다가 뛰어 날며
그들 대장의 명령을 깨버렸다.

이에 그들 모두 후회하며 충격 받았으니
이 재난의 원인인 알키노가 가장 심해서
움직이며 비명 지르길 "너를 내 갈퀴에!"

그것이 소용없음은 두려운 죄수만큼 그 날개가
빠르지 않기 때문이다. 나바레 인은 아래로 가고
마귀는 그 상반신 위를 낚아 올렸다.

오리들의 반사 행동처럼 너무 늦었는데　　　　　　130
오릴 잡은 매가 다시 위로 오르다가 아래로
떨어트려서 지치고 당황한 것과 같았다.

그 허세에 격노한 밟힌 서리가
그를 쫓아 날았는데 그 죄수가 도망치길
바라면서 그가 말썽을 피울 거라 여겼다.

관직 매매자가 사라지자마자,

그가 그 갈퀴를 동료에게 돌렸기에
그가 역청 위로 이를 꽉 잡고 매달렸다.

그때 알키노는 그리 뒤에 있지 않아서
매처럼 끌어당겨 둘 다 풍덩 빠졌으니   140
끓는 연못 한가운데로.

그들이 그 열기에 서로 풀어졌으나
그들 날개에 역청이 들러붙어
날아오르려는 모든 시도가 실패했다.

그때 나머지 모두처럼 성가신 곱슬 수염이
그들 중 넷을 다른 쪽 가장자리에 줄 서게
그들 갈퀴를 가지고 보내 배치하고

이쪽과 그쪽에 서서 그들 갈퀴로
희망을 갖고 그들을 잡게 하였다.
지금까지 마귀들 둘은 그냥 요리 중이다.   150

우리는 그들을 궁지에 두고 떠났다.

23곡

중부 제8지옥, 6 '위선 죄'
두 여행자가 마귀들에게 벗어나 여섯째 구덩이 진입. 그곳에서 생전에 위선으로 세상을 무섭게 더럽힌 위선자들의 무거운 벌을 받는 긴 행렬을 살펴본다. 볼로냐 출신 수사단, 대제사장 가야바, 그의 장인 안나스가 받는 끔찍한 형벌도 본다.

외롭게 조용히 우린 계속 가는데
하나는 앞에 하나는 뒤에
소기사단이[1] 함께 걸을 때와 같다.

생각들이 이솝 우화처럼 달리는데
개구리와 쥐의[2] 이야기 같은 거니
좀 전의 마귀들 싸움으로 띠오른 거나.

---

1 프란시스 수사단은 소기사단으로서 검소함이 신조.
2 개구리가 생쥐에게 강을 건네준다, 약속. 생쥐를 개구리에게 묶어 물로 들어가, 그 무게로 물에 잠겼다 떠오르기를 거듭. 이를 본 매가 생쥐를 잡자 개구리도 같이. 훌리베르티기벳과 폴루투스(지옥22, 133-44) 사이의 다툼이 이런 우화 연상한다고 그들의 위선 고발.

"아니"와 "글쎄"의 두 이야기처럼
각각 다른 게 아님은 그들 두 가지가
시작과 끝이 같다는 걸 생각하면 된다.

한 생각이 더 나은 생각을 일으키듯   10
그 우화가 무언가 생각나게 하여
나의 앞선 두려움이 커져갔다.

그 생각은 "우리 때문에 그들 친구들이
둘 다 상처 입고 조롱한 게 틀림없어
그들을 화나게 했다는 생각이다.

일단 그들의 악의가 분노와 합치면
갈라진 입구의 산토끼 쫓는 사냥개들보다
더 맹렬히 쫓아올 거다."

내 머리카락 끝이 곤두서는 두려움에
거기 서서 뒤를 돌아보며 말하길   20
"주인님, 우리가 급히 숨을 델 찾아야

합니다. 갈퀴 든 그들이 두려워요!
그들이 우리 뒤로 쫓아옵니다.
벌써 소리가 들리는 듯합니다."

그가 말하길 "내가 은거울이라도
네 겉모습으로 마음의[1] 상을
더 빨리 취하진 못할 거다.

너의 방금 생각들이 내 마음에 얽혀
꼭 같은 방식의 동일한 모양들이라
곧 한 계획을 세웠다. 30

오른쪽 경사가 그리 급하지 않으면
더 낮은 구덩이로 내려갈 수 있으니
네가 생각한 추적에선 벗어난다."

아! 그가 이 말을 마치자마자
그들이 우리를 잡으려고 날개를
활짝 펴 곧장 오는 걸 볼 수 있었다.

---

1 단테의 속마음을 뜻함. 버질이 단테의 속을 다 보고 읽는다.

안내자가 나를 잡아채, 지체할 시간이
조금도 없이, 불이 탄다는 고함 소리에
깬 엄마가 다가오는 화염을 보고

숨 돌릴 새 없이 달려 아들을 보호하러   40
자신을 돌보지 않고 아무것도
걸치지 않은 채 낚아채듯이 하였다.

거친 산등성이에서 그의 등을 대고
주르르 미끄러져 경사진 제방 아래로
한 옆은 더 낮은 해자가 막힌 데로 내려갔다.

다가오는 물레의 날을 더 빠르게
돌리려고 그 바퀴가 돌아가게 모든
힘으로 방아를 찧어 쏟아지는 물처럼

그가 힘껏 움직여 흘러 내려가며
그 가슴에 나를 꼭 품었으니   50
동지가 아닌 오직 아들인 듯이.

그의 발이 바닥 아래에 닿기도 전에
마귀들이 곧장 등성이 위로 왔으나
우리가 무서울 이유 없는 건

높은 섭리로 정해진바, 더러운 마귀들은
불결한 다섯째 구덩이까지만 구역이니
그 너머는 모든 힘이 박탈당해서다.

거기 아래 색 칠해진[1] 사람들에게로 우리가
왔으니 천천히 걸어 움직이는 데로서
좌절한 신호로서 다들 눈물을 흘린다.   60

모두가 외투를 걸쳤는데 고깔 달린 수사 복으로
눈길을 감추듯 그렇게 낮게 재단한 건
클루니 수도원[2] 수사들이 좋아해서다.

외투들의 겉은 금박이라 밝게 번쩍이나
속은 납덩이라서 프레데릭의 것과는 모양이[3]

---

1 그들의 옷이 "금빛으로 색칠했다"로서 앞의 61-66에서 본 바다.
2 클루니에 있던 베네딕트파 수도원의 수사들이 입었던 넓고 사치스런 복장.
3 프레데릭 2세 황제(1220-50)는 배신자들에게 납으로 만든 옷을 입혀 불에 넣고 녹였다 한다.

같으나 무게가 외려 가벼워 보인다.

영겁의 세월 동안 그 무거운 외투라니![1]
우리가 돌아서 늘 하듯 왼쪽으로
같이 걸으며 그들의 곤궁에 정신을 팔았다.

그들이 입은 외투의 무게로 인해 이 이상한 무린   70
천천히 걷기 때문에 매번 우리 걸음이
새로운 그들의 동료들에게로 갔다.

내 지도자에게 청하길 "우리가 걷는 동안
당신의 눈으로 둘러보고 누군가
역사상의 아는 사람이 있나 보아 주세요."

우리 뒤에 있던 하나가 투스칸 말소릴
듣더니 외쳤다. "멈춰라! 이 암울한
공중을 통과하기 위해 서두는 너희들이여!

내가 너희가 필요로 하는 걸 줄 수 있다."

---

1 단테와 버질은 "서두르지" 않지만 죄수들은 무거운 옷들로 방해받아 서두는 듯하다.

내 안내자가 주위를 돌아보고 내게　　　　　　　　80
"기다려서 그의 속도로 걸음을 계속해라."

멈춰서 다가오는 그 둘을 보니
표정이 그토록 마음의 절박함을 나타내지만
그 무게와 좁은 길이 그들을 느리게 했다.

그들이 다가와선 한 마디도 안하고는
꽤나 한동안 곁눈질로 날 보더니
다음엔 서로를 보며 말했다.

"이 남자는 살아 있는 듯해. 숨 쉬는 걸 보게.
그들이 살았다면 왜 특전을 받았을까.
우리가 입은 무거운 제의 없이 어떻게 가는가."　　　90

"투스칸 사람이여, 슬픈 위선의[1] 가톨릭
추기경단을 받아들이길." 그들이 내게 말하니
"누군지 말해라. 그 지식을 속이지 말라."

---

1 죄수들은 자연히 단테가 그들처럼 벌을 받는다고 가정하는데 그들이 위선 죄를 저지른 이들
　이어서다. 추기경단은 교황청 고위직 종사자들이다.

내 답은 이랬다 "나는 태어나길 아르노
강의 그 위대한 도시에서 나고 자랐소.
나는 늘 갖고 있던 육신으로 있소.

이런 큰 곤경 속 당신들은 뉘시오?
당신들 뺨에 흐르는 걸 난 볼 수 있소.
무슨 벌이 그렇게 눈부시게 빛날 수 있소?"

"이 모든 금박 외투들은" 그들이 한목소리로 답하길   100
"아주 두터운 납으로 만들어져 굉장한 무게의
균형을 잡느라고 우릴 신음하게 한다.

우린 볼로냐 출신의 후리스키 수사단[1]이며
나는 카탈라노, 그는 로데링고. 둘 다 임명을
받아서 비록 너희 도시의 관습은

한 남자를 임명하는 거였지만 평화를
지키고자 우리가 달성한 게 아직
가르딩고를 둘러싼 걸 볼 수 있다.[2]"

---

1 이들은 후리스키 기사단, 그들의 자유분방, 방탕한 방식.
2 카탈라노와 로데링고는 피렌체 시 보호자 역할 임명. 그들의 편견, 위선이 가르딩고 지역의 우베르티 가문의 재산 몰락 초래.

내가 말하길 "오, 수사단 너희 악한 말…"
더 이상 말을 못 한 건 십자가 벌을 받는 자가　　　　110
땅바닥에 세 개의 말뚝으로 오는 게 보여서다.

그가 나를 보고 비틀며 꿈틀꿈틀 기며
수염 속에 한숨들이 섞인 숨을 쉬었다.
이를 보고 카탈라노가 내게 말하길

"저기 보는 말뚝에 꿰찔린 자는 바리새
사람들에게 백성을 위해[1] 한 사람이 고통을
받는 게 더 좋다고 충고를 한 자다.

그가 벗은 채 큰 대자로 길을 가로질러
누운 걸 볼 수 있으니, 그를 밟고 지날 모든
자들에게서 그 무게를 그가 느껴야만 한다.　　　　120

그의 장인[2] 역시 같은 벌을 이 구덩이에서
받는데 그 다른 위원 회원들과 함께

1　대제사장 가야바. 로마인들에게 예수 그리스도의 처형을 강요(요11:49-50).
2　대제사장 안나스(요18:12-14).

유다인에게[1] 재난을 가져온 자들이다."

내가 서 있는 버질을 보니 그리도
혐오스런 십자가형이란 영원한 추방 형벌에
순전한 놀라움이 가득했다.

그가 수사들에게 말하길 "당신들이
만일 불쾌하지 않으면 오른쪽으로
열린 길이 있는가를 말해주어

우리 둘이 쾌히 여행할 수 있는지   130
검은 천사들이 명령하는 강제력 없이
이 구덩이에서 곧장 나가게 해주시오.

답하길 "너의 생각보다는 더 가깝다."
"밖의 벽에서[2] 시작한 등성이와 이를 달려
내리는 델 따라 모든 제방을 건너는데

이거 하나만 예외로 여기서 부서졌다.

---

1 버질은 기원전 인물이라 생전에 가야바를 본 일 없다.
2 악의 겹겹 층의 외벽(지옥18곡1-3).

그러나 이 자갈들 오르긴 아직 가능하게
그 안쪽의 바닥을 오르게 쌓였다."

내 지도자가 머릴 숙이며 확실치 않아
말하길 "난 저쪽에서[1] 죄수를 낚고 있는   140
자에게 아주 다른 말을 들었다."

"그렇지, 볼로냐에선 누구나 말한다." 수사가
답하길 "악마는 나쁘니 거짓말쟁이에다
모든 거짓말의 아비다."

그에 내 안내자가 큰 활보로 성큼성큼
걸어가는데 분명 화가[2] 나 있었다.
난 그 무거운 짐의 죄수들을 떠나

그들이 남긴 발자국을 따랐다.

---

1 악의 꼬리.
2 버질의 화냄은 마귀들 속임수보단 카탈라노의 위선 때문.

24곡

중부 제8지옥, 7 '도둑질한 죄 1'

긴 비유의 시작은 지옥 여행이 계속될수록 죄질의 깊이가 점점 깊어진다는 독자들의 유추를 유도하는 단테의 멋진 묘사. 단테가 그 끔찍한 죄를 받는 일곱째 구덩일 내려다보고 몸서리치기까지 돌무더기를 기어오르는 험악한 과정이 신곡 이해의 은유. 깊은 구덩이 아래서 들리는 알 수 없는 소리에 단테 당혹.

태양이 아직 그해의 물병자리에 머물러
그 밝은 머리카락을 따스하게 하며
밤이 점점 짧아지면 낮은 점점 길어질 때,

서리가 땅 위를 덮으면
그의 누이인 눈과 똑같지만
따듯한 해의 입김으로 오래 가지 않듯이

보라, 마초가 모자란 농부들이 일어나 나가

찾으려다 들판이 하얗게 된 사방을
둘러보며 넓적다리[1]들을 치며

절망으로 중얼대다 되돌아가선 10
달뜨기까지 아무것도 못 하나 하다 별안간
다시 나가 보고 소망으로 돌아와서

그 짧은 시간 공간에 세상이 다른
얼굴을 가장한 놀람에 잡혀 양떼에게
풀을 뜯으라고 밖으로 내모는 농부를 보라.

바로 그처럼 내 주인이 절망으로 나를
채우는데 그를 보니 이마가 구름으로 덮였다.
그때 상처를 낫게 한 약이 왔으니 그건

우리가 부서진 다리에 이르러 안내자가
고요한 태도로 얼굴을 내게 돌려서 20
그 산비탈[2] 아래를 처음으로 주목했다.

---

1 차가운 풀을 양들에게 먹이지 못하니 좌절.
2 일곱째 구덩이로 가는 길의 험로가 단테 지옥 이해의 비유 상징. 감성이 아닌 냉철한 이성으로 읽기를 고취.

그가 팔을 펴고 한 번 했던 대로
주의해 망가진 다릴 조사 후 그가 취할
행동을 정하고 나를 끌어 잡았다.

일하면서 다음 필요한 게 무언지 항상
앞일을 생각하는 사람처럼
그가 처음에 꼭대기 위에 나를 놓고

큰 바위 위에서 또 다른 말썽을 찾은 듯
말하길 "네가 다음으로 가야 하는데
네 무게를 견딜지 확실히 해야 한다." 30

납 외투를[1] 입은 자들에겐 아무 길이 없다!
난 도움을 받아야 하고 그는 무게가 없어[2]
바위에서 바위로 가는 길을 만들기 어렵다.

그 제방이 그 위의 것보다 가장자리가
좀 덜 높길 하며 안내자에겐 말 못 하고
내 얼굴에 절망이 가득했다.

---

1 단테가 방금 뒤에 두고 떠난 위선자들 생각.
2 위선자들 대부분이 최고위층 성직자라서 이들의 위선을 항상 고찰해야 한다는 경고.

그 전체 악의 겹겹의 층[1]이 성벽의
발아래 있는 성벽 입구 쪽을 향하기에
골짜기의 위치들은 항상 단순해

한 가장자리가 다른 하나보다 더 높다.　　　　　40
자, 그럼 길이로는 거기 도착한 셈이니
부서진 돌들의 마지막 돌무더길 발견했다.

내 허파엔 공기가 전혀 없어서
거기 갔을 땐 힘이 완전 빠져버려
한 번 우리가 갔던 데 곧장 주저앉았다.

"지금부턴 이 길로" 내 주인이 말하길
"넌 게으름을 던져버려야 하니 누구도 명성을
깃털 침상의 쉬운 방식으론 얻지 못한다.

명성을 취하려 하지 않고 사는 자는
공기 중의 연기나 물거품보다도 더는　　　　　50
지상에 아무 흔적도 남기지 않는다.

1　지옥18곡 1-18을 참조.

그러니 일어나라! 헐떡이는 네 숨결을
추슬러라! 몸무게로 맘이 가라앉지만 않으면
강한 마음은 모든 전투를 이긴다.

더 긴 사다리가 기다린다.[1] 위선자들을 뒤에
남긴 것으론 충분치가 않으니 넌 내게서 들어라.
지금 네가 힘든가, 아닌가를 보여 봐라."

내가 일어서서 내가 지닌 느낌보다
더 숨을 잘 쉬는 듯이 가장하며 말하길
"앞장서세요! 난 강하고 무섭지 않습니다." 60

우리가 등성일 따라가는데
좁고 들쑥날쑥해 걷기 힘들고
먼젓번 다리들보다 훨씬 가팔랐다.

지치지 않아 보이려고 걸으며 말하는데
낮아지는 구덩이 아래서 목소리가 들리지만
분명히 들리진 않는다.

---

1 지옥의 가장 깊은 데로 내려가는 방식 묘사.

비록 그 위지만 아무 말도 모르겠고
구덩이 자체가 다리의 중간 지점인데
그 말하는 자가 움직이는 듯이 보였다.

그 아래를 잘 봐도 살아 있는 눈으론   70
그 캄캄한 속의 깊이까지는 볼 수가 없어
내 말하길 "제발, 저 가장자리로 가게 해주세요.

그 벽 쪽으로 내려가게요. 여기서 들으니
잘 알아듣지 못하겠고 그쪽을 보아도
아무것도 전혀 안 보입니다."

"그럴 수 없네." 그가 말하길 "이렇게
해야만 한다는 말 말곤 없으니 조용한 행동들이
너의 바른 요청과 만나게 될 때까지는."

우린 계속 걸어가 다리가 여덟째 제방과
만나서 아래로 달려 내리는 데로 와서야   80
그 구덩이[1] 분명히 볼 수 있었다.

---

1 악의 층의 일곱째 구덩이는 도적들을 가둔다.

꿈틀거리는 뱀들이 가득한 끔찍한
광경인데 대단히 기괴한 것들이라
단순한 회상만으로도 내 피가 얼어붙는다.

리비아가 비록 그 모래에서 재퀼, 쌍두 뱀,
캐리드레, 캔크레와 파래오[1]를 생산할지라도
이를 더 이상 자랑치 말라고 하여라.

에티오피아와 홍해 바닷가를 따라 누운
그런 지역들 전체조차 그런 악독한
뱀들 무리가 나온 일은 결코 없었다.   90

이런 무자비하고 사악한 늪들 사이를
벌거벗고 두려워서 숨을 장소나 혈석[2]의
소망도 없이 달리는 무리를 볼 수 있었다.

그들의 손은 뱀들로 뒤로 묶여 그들의
사타구니를 통하고 머리와 꼬리로 다른

---

1 이런 파충류들은 루칸의 『파르살리아』에 나옴. 재퀼은 투창처럼 공중을 통해 나르며, 앰피스배네(쌍두 뱀)는 머리가 각 끝에, 캐리드레는 수륙양용 생물, 그 뒤로 연기 자국 남김. 캔크레는 늘 일직선으로 움직여서, 파래오가 움직이면 그 꼬리들이 땅의 밭고랑을 낸다고.
2 혈석은 뱀에 물린 자릴 고친다고 알려지며, 이를 지니면 보이지 않는다고도 한다.

쪽에서 서로 묶여 있다.

그때 갑자기 우리가 선 곳의 죄수 하나를
뱀 하나가 난폭하게 꿰뚫었는데 바로
목과 어깨가 합쳐진 데다.

'O'와 'I'를 그리 빨리[1] 쓴 일이 절대 없으니   100
그가 불에 타는 것처럼 신음하고
재로 변하며 쓰러졌다.

그가 재 무더기로 거기 깔리더니
그 재 가루들이 절로 함께 일어나
섬광 속에 그의 모습을 재현했다.

가장 위대한 현자들이 증언한 바로 그처럼
불사조가 매번 오백 년이 다가올 때마다
죽었다 다시 살아난다는 듯하였다.

그 새는 평생 풀도 곡식도 전혀 안 먹고

---

1 영어 알파벳 오 O 모양과 아이 I 모양처럼, 독뱀에 물린 자의 괴로운 급사 형상 묘사.

오로지 발삼 향유와 유향 몇 방울만 먹는데,   110
그 새의 구불구불한 시트는 몰약과 육계다.¹

마귀 하나가 점령했는지 아닌지
다른 방해물이 그를 육체로 묶었는지
왜 떨어졌는지 모르는 사람처럼 그가

일어서 둘러보고 다음엔 그가 돌아온 듯
그 모든 고통에 당황해 신음하며 주위를
보며 한숨짓고 다시 견디어냈다.

그게 그 죄수가 일어나서 한 짓이었다.
아, 하나님의 힘은 얼마나 준엄한가!
이런 무지한 타격으로 보복하시다니!   120

내 주인이 누군가 물어보니 답하길
"나는 투스칸 출신별로 오래전이 아닌 때
이 무참한 턱 속에 던져졌소.

---

1 도둑을 불사조에 비유함은 세대를 이어가는 도적질의 악한 근성을 향한 조롱과 야유.

사람이 아닌 야수의 생을 살아서 당나귀
같았던 베니 후치 야수로[1] 피스토이아가
알맞아서 거기가 내 소굴이었소."

내가 안내자께 청하길 "그에게 속이지 말고
여기로 온 잘못을 말하라고 하세요.
난 그를 냉혈한 분노의[2] 남자로 압니다."

죄수가 이해하고 꾸며대진 않으나   130
얼굴을 내게 향하며 그 얼굴색이 그의
수치로 인해 그토록 두렵게 변했다.

그가 말하길 "네가 아는 게 슬프진 않고
이렇게 보이는 비참한 상황보다도
내 뒤에 남기고 떠난 게 더 슬프다.

무엇을 묻든 간에 거절할 순 없다.
이렇게 낮은 데 처박혀 있는 건 성물 안치소의
거룩한 집기를 훔쳤기 때문에 이로써

---

1 야수는 별명. 피스토이아 시민인데 교황당 흑당파로 시민 전투에서 악덕한 짓.
2 도둑들 사이에 있음에 놀라는데, 폭력을 저지른 자들 속에 있다 생각했기 때문.

또 다른 심판[1] 위에 떨어지기 때문이다.
네가 무시할 이유가 없음을 확실히 하려면 140
네가 이 암흑 땅을 언제 떠나려는지

너의 귀를 세워 예언을 들어라.
피스토이아가 흑당을 도시에서 처음 몰아내
피렌체 도시 남자들과 정책을[2] 바꾼다.

흑당을 둘러싼 폭풍의 구름이 마르스 군신을
발디 마그라 밖에서 번개로 데려 올 테니
더 쓰디쓴 태풍과 큰 소리라서

피체노 들판 위로 전투가 맹렬하리라.
급작스런 번개가 폭풍을 통해 번쩍이고
백당은[3] 하나씩 계속 상처받는다. 150

네가 혼란하게 해주려고 이를 말했다!"

---
1 마지막 심판 날의 두려움. 이 혼의 성물 도난 범죄는 그가 죽은 후에 발각.
2 1301년 교황 백당이 피스토이아에서 교황 흑당에 승리. 오래지 않아 흑당이 피렌체 백당 장악. 이로써 단테 추방당함.
3 1302년 피체노에서 피렌체 흑당의 전투 승리 묘사로, 단테가 입을 추방의 쓰디씀 묘사. 그런 흑당의 고얀 인물이 이 깊은 지옥에서 끔찍한 벌을 받는다는 단테의 풍자.

25곡

중부 제8지옥, 7 '도둑질한 죄 2'

도둑질한 혼들이 받는 괴상한 벌들. 단테의 묘사가 뱀과 같이 교활한 도둑질의 본질을 밝힘. 파충류처럼 도둑질이 끔찍한 범죄로서 하나님의 신성을 모독하는 본질이라는 단테의 호쾌한 일갈.

도둑이[1] 이를 말한 후 더 이상 소란 없이
두 손을 들고 상스런 흉내를 내며 외치길
"그걸 하나님께! 그들 둘 다[2] 당신을 위해!"

그 시간부터 뱀들이 바로 내 친구 같았으니
그중 하나가 그 죄수의 목을 칭칭 감고
마치 말하길 "자, 네 말은 이제 그만이다."

다른 놈이 그를 자기 안에 넣고 조이더니

---

1 바니 후치.
2 모욕하고 경멸하는 손가락들로 만드는 상스런 손짓.

스스로 그 앞부터 단단히 묶어 올려
조금도 그의 팔을 움직일 수 없게 한다.

피스토이아 남자들아, 결정은 너희 것!　　　　　　10
너희 도실 태워라! 돌 하나도 서지 못하게!
너희 악이 너희 조상들[1]보다 심하구나.

가장 캄캄한 암흑의 모든 원 안에서 그런
신성 모독으로 자만한 자를 누구도 못 봤으니
테베 성벽[2]에서 구른 자도 그렇진 않았다.

그가 더 다른 말을 않고 도망갔다. 다음엔
화가 많이 난 켄타우로스를 보았는데 그가 와서
외치길 "이 배반의 혼이 어디에 있느냐?"

마렘마[3]조차 이런 뱀들의 늪은 없으리라
생각하니 이가 허리를 바로 세우는데　　　　　　20
거긴 인간의 형태를[4] 그가 취한 데다.

1　피스토이아가 가진 전설은 로마 군대의 비열한 음모자, 반역자들이 세웠다고.
2　카파네우스, 일곱째 원 셋째 둘레에서 벌 받는다. 지옥14곡 43-72.
3　투스칸 해안 지역의 불결한 물풀의 늪지 지역.
4　켄타우로스는 반인 반마의 그리스 신화 괴물.

그 말의 양 어깨에는 용처럼 거대한
날개를 펼칠 수 있으며 이게 모두에게
숨을 내뿜으면 불이 붙었다.

"지금 저건 카커스다." 내 주인이 말하길
"이는 아베틴[1] 산 아래 동굴에 살며 때때로
수없는 피의 호수를 만들었다.

그는 형제들이 갔던 길을 가지 않는데 이유는
그가 그들 가까이 많은 무리 가축들을
속임수[2]로 훔쳤기 때문이다. 30

이 비틀린 수법들을 끝장내려고 헤라클레스가
그를 잡았을 때 그에게 준 건 아마 백 번의
타격일 텐데 그는 열 번 정도 느꼈다."

내 주인이 말하니 그 켄타우로스가 도망가고
다른 세 명이 우리에게 좋은 위치 아래 와서

---

1 로마의 일곱 언덕 중 하나.
2 카쿠스가 다른 켄타우로스와 같이 일곱째 원의 첫 둘레 폭력의 안내자 속에 없는 건, 그가 헤라클레스의 가축을 훔쳐서다. 그가 여기 도적들 속에 있음은 가축들 꼬리를 끌고 뒷걸음으로 몰고 나가, 마치 가축들 스스로 나간 흔적을 남김. 그리스의 훌륭한 신을 속인 죄.

그들이 우리에게 보이진 않았으나

그들이 외치길 "너희는 누구냐?" 그 즉시
우리의 대화를 중지하고 이들 세 혼에게
우리 관심을 집중했다.

난 그들을 몰랐는데 그때 생긴 일은   40
우연히 생기는 흔한 일로서 그들 중
하나가 다른 자의 이름을 부르며 말하길

"지금 치안파[1]는 어디 있지? 그가 오는가?"
그에 내 안내자가 유념하기에 내가 손을
내 코에서 턱까지 올려놓았다.

독자들이여, 당신들에게 말하는 내용이
믿어지지 않는다 해도 놀라진 않을 테니
이를 본 나조차 차마 믿을 수 없어서다.

내 여전히 눈을 그들에게 집중하고 있을 때

---

1 피렌체의 도나티 가문 사람.

발이 여섯인 파충류[1]가 그중 하나 앞으로   50
튀어나오더니 그를 꼭 조여 잡았다.

그의 중간 발로 그의 배를 꽉 쥐더니
그의 앞발로는 그의 양팔을 휘잡고
다음엔 그의 이빨들이 양쪽 뺨으로 들어갔다.

그 양쪽 뒷발로는 양쪽 넓적다리를
그 꼬리는 그 죄수의 다리 사이로
그 옆구릴 지나 위로 솟기까지.

칡넝쿨도 결코 이처럼 강하게 나무들에
접착은 못 하리만치 비열한 괴물이 그의
사지에 들러붙은 걸 보았다.   60

그들이 꽉 붙어 마치 왁스에 녹은 듯이
그들 색깔도 합해져 이전에는
무엇이었는지 양쪽 다 다르게 보였다.

---

1 이는 치안파인데 파충류로 변함.

마치 종이가 타면 그 열에 의해 점차
어두워지나 검지는 않고 그렇다고
더 이상 하얗지도 않은 듯하였다.

다른 두 혼들이 그걸 바라보며 울부짖길
"슬프다, 아글로노[1]야! 넌 정말 변해버렸구나!
네 자신을 봐라, 너는 둘도 하나도 아니다!"

지금까진 둘인 머리가 하나로 되며   70
둘이 섞인 면들을 한 얼굴 속에 볼 수
있으니 그 두 개가 사라진 데서다.

두 개 팔들이 네 개 길이로 있던 데 생겨
넓적다리 다리들 배들 가슴들이 전엔 전혀
본 적 없는 여러 개에서 생겨났다.

무엇이었는지 무엇도 남은 게 없어
두 개의 상이 둘처럼 또는 아니게도 보였다.
그러더니 슬그머니 움직여 가버렸다.

---

1 피렌체 사람들.

한여름 복중에 울타리에서 울타리로
채찍 모양의 숨은 도마뱀이 번갯불처럼 80
번쩍 길 위로 움직이는 것과 같았다.

불타는 작은 맹수가 그 장면으로 와서
다른 두 마리가 배를 꼿꼿이 세우니
후추 열매처럼 납색이고 검었다.

처음에 그가 잡아 늘어진 부분은 그의
영양분이던[1] 데서 그들 중 하나가 변했다,
다음엔 그 앞에 충분한 길이로 쓰러졌다.

그 변한 자가 응시하나 말은 못 하고
그가 그저 땅에 서서 한쪽으로 흔들리더니
열인지 잠인지에 압도당했다. 90

그와 그 맹수가 서로 바라보더니
그 혼의 상처에서 그 괴수의 턱에서
연기가 솟구치더니 두 연기가 합쳤다.

---

1 배꼽.

지금은 루칸이 그의 혀로 들려준 시시한 사벨루스와
나시디우스[1] 이야기를 접어두도록 하오.
내가 나타내는 놀라움을 그가 듣기까지.

오비드도 그 혀를 잡으시오. 비록 그가 카드무스,
아레투사의 이야기를 그렇게 열거했을지라도
난 뱀의 원천[2]으로 그를 시기하진 않으니.

얼굴과 얼굴을 맞댄 그 생물은 결코 창작하지   100
못하고 둘이 그렇게 변해 그들 스스로 변하는
준비를 이번의 경우처럼은 못하였다.

그들 서로 각각 반응하는 방식은 이러니
파충류들이 포크 같은 꼬리로 찔러서
상처 입은 죄수들이 그 발들을 모으게 한다.

넓적다리가 붙은 다리들은 전부 곧 가깝게
서로 꽉 붙어 그 가랑이가 어딘지, 어떤 자국

---

1 루칸은 그의 『파르살리아』에서 뱀들에 물린 두 병사가 어떻게 되었는가를 말하니, 사벨루스는 재가 되고 나시디우스는 모양 없는 물질이 되기까지 부풀었다고.
2 『변신 이야기』에서 오비드는 카드무스가 뱀으로 변하는 과정, 아레투사가 샘으로 들어가는 걸 생생히 기술.

표시도 없어져 보이지 않는다.

그 갈라진 꼬리가 그 모양을 잡으면 사라져
속으로 들어가 파충류 인간 피부는 부드럽고 110
매끈해지고 죄수의 피부는 단단해진다.

내가 그의 두 팔이 겨드랑이로 들어가는 걸
보니 그 괴물의 작은 앞발이 길어지는데
그 두 팔이 짧아지는 비례에 바로 맞추어서다.

다음엔 뒷발들이 하나로 꼬이면서
그들 두 개가[1] 한 사람처럼 속이며 그 비열한
자에게서[2] 두 개의 짐승 발이 뻗어 나왔다.

그들이 아직 연기로 가려져 있는데 둘 다 색깔이
털부터 시작해 하나씩 퍼져가며 변하고
모든 털들이 다른 자에게서 떨어지기 시작한다. 120

하나는 일어서고 하나는 떨어지는데 그의

---
1 남성 성기.
2 그의 성기.

해로운 눈알은 결코 바뀌질 않는 눈초리고
그들 주둥인 튀어나오며 변해갔다.

하나가 일어서 그 주둥일 위로 내밀고
남은 것들 위로 그 얼굴에 코가 생기며
양 입술은 둔하게 부풀어 올랐다.

넘어진 자가 대신 그 주둥일 밀어내고 130
달팽이처럼 그의 껍질로 들어가며
그의 두 귀도 바로 머릿속에 끌어들였다.

한때 하나로 붙어 빨리 말하던 그 혀는
둘로 나뉘고, 다른 것과 연합한 포크처럼
되더니 더 이상 연기가 없었다.

그 인간의 혼은 맹수가[1] 되어 그 골짜길
따라 날아서 쉿 소릴 내며 가버렸다.
그 다른 자는 말하려고 침 뱉으며[2] 뒤따른다.

---

1 피렌체 인 부오소.
2 피렌체 인 프란체스코 데 카바르칸티를 뜻함. 앞의 82줄의 "불타는 작은 짐승"으로 지금은 인간의 모습을 회복.

그의 새 어깨를 돌아보곤 아직 머문 자[1]에게
말하길 "내가 부오소가 이 길을 다른 넷과   140
내가 한 듯이 급히 가는 걸 틀림없이 봤다."

그렇게 일곱째 구덩이에서 변하며 모양이
바뀌는 쓰레기들을 보았는데 하도 진기해
내 이를 다소 와전했을지라도 그러하다.

내 마음은 무섭게 황당하고 눈앞이
번득여 어리둥절했으나 남아 있던 자들이
나의 눈에 안 띄고 도망칠 순 없었다.

절름발이[2] 푸치오를 알 수 있으니
우리에게 처음 온 자들 중 유일한 자로
아무리 가장해도 그를 바꾸진 못했다.

그 다른 자는, 너 가비유, 애통해라.[3]

---

1 푸치오 치안카토는 148절에 이름 나온 도적이자 동성애자.
2 피렌체의 황제당 가문. 단테가 그를 쉽게 알아본 건 절뚝발이기에 그 별명이 지적해서다.
3 프란체스코 데 카바르칸티는 가비유의 투스칸 마을 주민들에게 살해당해 친척들이 그의 죽음에 복수했다.

26곡

중부 제8지옥, 8 '권모술수 죄 1'

피렌체를 빈정대는 찬사로 시작. 깊은 지옥에서도 피렌체 평판, 악평일색. 두 여행자, 도둑들 구덩이 떠남. 여덟 번째 구덩이 내려다본다. 신기한 불꽃 풍선 같은 속에서 혼들이 탄다. 그중의 한 불꽃의 두 혼을 버질이 알려줌. 그중 하나인 율리시즈에게 버질이 그리스어로 질문. 율리시즈가 트로이에서 귀향 후 그가 책임인 항해, 바다 끝 정화산 앞서 파선 몰사. 미지 세계 지향을 하나님 지식을 향한 갈구로 비유. 하나님 뜻 없이 인간 욕구 추구 갈망은 허무. 호머가 하나님 지식 몰랐음의 은유.

피렌체여, 날개를 펴서 바다와 땅을
넘은 지금 그런 명성을 가진 걸 기뻐해라!
모든 지옥 종의 울림이 너희 이름이니!

도적들 가운데 너희 시민 다섯을 봤는데
모다 귀족이라 수치심이 생긴 건

극히 작은 영예만 너희가 취한 때문이다.

마치 우리 꿈이 새벽이면 진실이 오듯[1]
너흰 오래잖아 프라토와 다른 자들이[2]
너희에게 바란 게 어떤 무게인지 느낄 거다.

그러니 이게 와도 그리 빠른 게 아니며   10
꼭 와야 해서 이가 일어나길 바라나
시간 갈수록 난 점점 상처 받으리.

그 장소를 떠나 천천히 걷는데
우리가 내려갔던 그 바위들을 이용해
내 안내자가 다시 한 번 나를 끌어올렸다.

그렇게 우린 호젓한 등성이 틈바귀의
갈라진 사이에 길을 만들며 갔다.
손 없이 발만으로는 전진할 수 없었다.

내가 본 게 슬펐고 지금 다시 슬픈 건,

---

1 고대, 중세 시대의 공통된 믿음.
2 이 시기에 프라토는 피렌체 지배하에 있어, 다른 투스칸 도시들에게 공포였다.

그렇게 본 것을 마음에 돌이켜볼 때   20
단단한 고삐로 내 천재를 잡아야 했으니

덕성이 안내하지 않는 데를 달린 공포가
한 친절한 별보다 더 좋은 어떤[1] 선물을
내게 준다면 이를 헛되이 하진 않겠다.

어떤 농군처럼 볕이 세상에서[2] 조금씩
얼굴을 감추기 시작할 무렵 한 작은 언덕
위에서 휴식을 취하는데

그 시기는 진드기는 가고 모기들이 올 때로[3]
셀 수 없는 반딧불들이 그 골짝에 몰려
경작과 수확을 그가 집에서 보는 장면이   30

그렇게 여덟째 구덩인 셀 수 없는 불이
밝게 흩뿌려져 내가 이를 깨닫자,
즉시 그 광경에 침울해졌다.

---

1 하나님의 은혜.
2 태양. 여름.
3 저녁.

마치 곰들이[1] 복수하게 시킨 엘리야의[2]
불마차가 말들과 같이 하늘을 향해 날아갈 때
뒤에 남겨진 그 남자 같았으니

이를 관찰한 대로만은 둘 수 없어서
그 불꽃만을 따라간 걸 예외로 하면
이 승천에 작은 불타는 구름처럼

그런 불꽃마다 그 구덩이 안쪽 부분을 따라   40
길을 내서 더 이상 도둑들이 보이진 않으나
훔친 혼들을 하나씩 품고 있었다.

그 다리에서 발끝으로 서서 바라보려니
큰 바위를 붙잡고 있지 않았더라면
밀지 않아도 떨어질 듯이 걸려 있었다.

내 지도자가 내 얼마나 관심을 갖는지 보고
말하길 "거기에 그런 불꽃들 속의 혼들은

---

1 몇 청년들이 예언자 엘리사의 대머리를 놀리자, 엘리사가 그들을 저주했다. 곧장 어디선가 곰 두 마리가 나타나서 그들 40명을 죽였다. 단테가 바로 그때의 엘리사와 같은 느낌이란 뜻.
2 엘리사는 그의 스승 엘리야가 불마차로 하늘로 오르는 걸 보았다. 엘리사의 스승을 향한 진지한 믿음을 보신 하나님께서 허락하심.

각각 그게 타는 것과 관련한다."

"내 스승님" 내가 답하길 "지금 당신께서 하는
말씀을 들으니 확실히는 아니나 그렇게   50
생각은 했습니다. 질문하고 싶습니다.

그의 형과[1] 함께 타는 에테오클레스의 장작
더미에서 다가오는 꼭대기가 둘로 갈라진
우리가 보는 저 불꽃 속에는 누가 있습니까?"

그가 답하길 "거기 그 불꽃 속엔
디오메데와 율리시즈가 한 번의
범죄로 지금 보복의 고통을 받는다.

그 불꽃 속에 타오르며 둘 다 후회하니
그들 속임수와 그 목마며 고귀한 로마
종자를 내놓은[2] 곳을 파괴해서다.   60

---

1 에테오클레스와 그의 동생 폴리니세스는 테베의 오이디푸스 왕의 아들인데 전투에서 서로를 죽였다. 그들 시신을 같은 장작더미로 태우자 불꽃이 둘로 나뉘어져, 그들의 질긴 증오심을 드러냈다.
2 디오메데와 율리시즈는 트로이를 함락한 로마 사령관들인데 술책으로 목마를 고안, 그리스 병사들이 목마에 들어가 트로이 진입 성공. 트로이가 망할 때 아이네이아스와 동료들이 도망쳐 이탈리아에 도착, 결국 그 후손들이 로마를 세운 사실을 은유.

지금 그들이 그 간계를 회개하는 건, 죽은
데이다미아가 아킬레스를 여전히 슬퍼하고
팔라디움을 위한 가격을 지불해서다."[1]

"그들이 그 불꽃 속에 번쩍거리며
말할 수 있다면" 내 말하길 "스승님,
천 번도 되풀이한 질문을 요구하는데

당신은 내가 기다리는 걸 금하지 않으니
두 뿔 가진 그 불꽃들이 도착까지
내가 이를 향한 열망에 기댄 걸 봅니다!"

그가 답하길 "네 요구가 기특하니   70
내 이를 기꺼이 허락하는데 좌우간
잠시 동안 네 혀를 닫고 주의해라.

내가 말할 거니, 왜냐면 네가 묻고자 한 걸
내가 아니까. 그들이 그리스인이라 너의 말을

---

1 디오메데와 율리시즈가 아킬레스를 설득해 다 같이 트로이로 가서, 아킬레스의 연인 데이다미아가 그 슬픔에 죽음. 그들이 또한 트로이에서 팔라디움을 훔쳤는데, 팔라스 아테나의 동상으로 트로이의 안전을 방어한다고 믿었다.

다소 빈정댄다고[1] 생각할 수 있어서다."

그 불꽃이 내 안내자 있는 데로 왔을 때
시간과 장소, 둘 다 적합한 기회가 오자
그가 말한 걸 들으니 이는 다음과 같다.

"오, 당신들 둘, 한 불꽃을 나눈 분들이여!
세상 사는 동안 만일 내가 그 비극을[2] 쓸   80
그때 내가 당신들에게 영예를 배웠다면

크건 작건 영예를 당신들에게 배웠다면
가버리지 마시길! 당신 중 하나가 어디서
언제 흩어져가서 죽었는지 생각해주시오."

그 고대의 불의 위대한 뿔[3]이 숙였다가
곧장 펴서 스스로 흔들다가 중얼대니
바람에 흔들리는 불꽃과 같았다.

---

1 그리스인들은 널리 알려진 대로 거만한 족속임을 빈정댄다.
2 『아에네이드』.
3 율리시즈 불꽃이 디오메데보다 높음은 세상 명성의 크기에 비례.

그 끝이 옆에서 옆으로 움직이는데

마치 이게 혀처럼 스스로 관리하여

목소리를 내기 시작해서 말하길   90

"내가 키르케의 강한 마력에서 떠날 때는

가까운 가에타여서 온전히 일 년 좀 넘었다.

아이네이아스가 그 이름으로 불리기 전[1]

부친다운 애정이나[2] 의무도 없이 나는 늙은

부친을[3] 모셔야 했고 또한 사랑도 없이

페넬로페를 행복하게[4] 해주어야 했는데

세상에 관하여 인간의 사악함과 선함에 관한

내 경험을 넓힐 수 있는 내가 가진

위대한 갈망을 극복할 수 있기를 원하며

대양을 향해 출발했는데 겨우   100

---

1 키르케가 트로이에서 귀항하는 율리시즈 유혹, 일 년간 동거. 그 후엔 아이네이아스가 트로이에서 이탈리아로 가는 항해 중에 키르케 섬의 도시 발견, 그의 유모 이름으로 지었다고.
2 율리시즈에겐 아들 하나가 있으니, 텔레마커스.
3 율리시즈가 트로이에서 돌아왔을 때, 그의 부친 라에테스는 생존해 있었다.
4 율리시즈의 아내 페넬로페는 남편이 트로이로 떠난 동안 전적으로 그에게 정절을 지켰다.

배 한 척으로, 적은 무리의 남자들인데
그들은 결코 나를 저버린 일이 없었다.

나는 어느 손으로 뻗쳐도 닿을 그 해안들을
보았으니 스페인 모로코 사르디니아 그리고
그 바다를[1] 에워싼 다른 나라들이었다.

나의 동료들과 난 늙고 약했는데
우리가 헤라클레스가 위대한 지표인[2]
양안에서 출발한 그 해협에 왔을 때

그의 경고는 더 이상 아무도 갈 수 없는[3] 곳
오른쪽 너머로 세비유를 뒤로하고 110
왼쪽 위로는 세우타를 포기하고 떠났다.

'오, 서쪽에 도착한 형제들이여!' 내가
울부짖길 "수백수천의 위험을 극복하고
지금 너희 자신을 부인하지 못하는데

---

1 지중해.
2 지브랄타 해협. 거긴 양쪽에 산이 있는데 양쪽이 헤라클레스의 필라스(기둥들)라 불린다. 그 필라스에는 전설이 있는데 사람들이 이를 넘어 항해해선 안 된다는 거다.
3 헤라클레스의 필라스는 주로 알려진 세계와 미지의 세계의 경계를 표시한다.

너희 짧은 생명이 조금 시간이 있으니
우린 태양을 좇아서 아무도 와보지 않은
세계를 처음 발견하는 경험을 하리라.

너희의 기원과 탄생을 잘 생각해 보라.
너희는 짐승처럼 살게 태어나지 않고
오직 지혜와 가치를 추구하게 되어 있다." 120

내가 동료들을 그런 연설로 예민하게 하여
그들의 길을 가게 하려고 했으나 그들을
억제하기 어려운 걸 발견할 수 있었다.

그래서 우리의 배 선미를 동쪽으로 돌리고
우리 노를 그 미친 항해의 날개처럼 사용해
계속 뱃머리를 서남서로 향하게 했다.

밤이면 남반구의 모든 별을 바라볼 수 있었다.
우리가 보는 별들은 아주 낮아서
대양의 마루로는[1] 그들이 떠오르지 않는다.

---

1 항해자들이 적도를 지났다.

그 빛은 달 아래서 다섯 번이나 다시   130
빛났고 많은 시간들을 소멸시키며[1]
우리가 그 힘든 모험을 감행한 후에

거기 앞으로 산[2] 하나가 떠올랐는데
어둡고 먼 거리라서 이게 보기엔
북반구의 어떤 산 정상보다도 높은 듯했다.

그때 우린 기뻐하다 곧 울부짖었는데
그 신세계 앞에서 소용돌이가 일더니
배의 앞부분을 강하게 때렸기 때문이다.

이게 우릴 세 차례나 물결 속에 메어치고
네 번째는 배선미를 들어 올려 뱃머릴   140
가라앉히니 그 다른 분께서[3] 기쁘신 대로

바다가 우리 위로 다시 덮칠 때까지."

---

1 음력으로 다섯 달이 지났다.
2 비록 율리시즈는 그때 몰랐지만 정화의 산이었다.
3 하나님.

27곡

중부 제8지옥, 8 '권모술수 죄 2'
 율리시즈의 혼이 말을 그치고 가버린다. 불꽃 안에 감춘 또 다른 혼이 자리하며 말하려 애쓴다. 또 다른 모략의 상담자. 그가 로마냐가 평화로운가, 전쟁 중인가 질문. 단테가 공식 전쟁은 없으나 거기 통치자들 가슴속에 전쟁 모략인 권모술수만 있다고 응답. 단테와 버질이 여덟째 원의 다음인 왜곡의 씨를 뿌린 자들에게 간다.

 그 불꽃이 지금 똑바로 서서 조용해지더니
 더는 아무것도 말하지 않아서 친절한
 시인의 용납으로 떠나기 시작하는데

 이를 곧 뒤따라 온 또 하나의 불꽃이
 그 틈으로 우리 눈을 돌리게 하는데
 이상한 소음들이 새어나왔기 때문이다.

 시실리의 황소처럼 크게 울부짖으니

그가 처음으로 모양내고 다듬었던
오직 하란 대로 만들었을 뿐인데

그 속에서 고문 받는 사람이 울부짖어   10
비록 놋으로 만든 상이지만 마치 소 자체가
고통을¹ 받는 듯이 하였으니

꼭 그처럼 그들에겐 아무 방법이 없기에
그 시작을 명한 그 음울한 말들을
불꽃의 언어로 바꾸어야 해서다.

일단 그들이 불꽃의 꼭대기까지 가는
방법을 찾은 다음엔 깜박이는 흔들림이
그들에게 혀처럼 날름거리는 동안

그에게 들길 "너희 이 순간 롬바르디아
출신처럼 말하는 자여" 하며 말하기를   20

---

1 황제 프리드리히에게 끔찍한 제안을 했던 중상모략을 꾸민 자의 처벌 방식. 끔찍한 제안자가 그 벌을 받은 사실 비유. 성서의 몰데카이를 죽이려던 하만과 다를 바 없다. 단테는 정교 분리를 주장하고, 어려운 라틴어를 현대의 이탈리아 일상어로 바꾸게 만든, 황제 프리드리히의 치적을 높이 산다.

'넌 지금 가도 된다, 더는 재촉 않는다.'[1]

비록 내 지금 늦게 도착했으나 불쾌히
여기지 말고 오직 머물러 나와 얘기하자.
내 불에 탈지라도 불쾌하지 않은 걸 보리라!

말해라, 네가 최근에 겨우 이 맹목의 세계로
그 라틴 땅에서[2] 떨어졌다면
내게 죄를 가져온 그 사랑스런 데서

로마냐가 전쟁과 평화 어느 쪽에 사는가를
나는 우르비노와 티베르가 풀어지는 등성이
사이 언덕들에서 태어났다."   30

내 아직 열중해서 아래를 응시할 동안에
옆의 내 지도자가 가볍게 끄덕이며 말하길
"그가 라틴 사람이다. 네가 시작해라."

나는 입술의 족쇄가 풀려 대답을 즉시

---

1 혼 하나가 라틴어로 말을 걸자, 그리스어로 말하던 버질이 단테에게 응하라고 함.
2 이탈리아의 그 혼은 버질이 최근에 죽었다고 추측.

지체하지 않고 말을 시작했다.
"오, 거기 정말 잘도 그리 숨은 그 아래 혼이여,

너의 로마냐는 아니다. 결코 늘 그렇지 않았다.
독재자들 가슴엔 전쟁의 자유란 전혀 없으나
내가 거길 떠날 땐 공식 불화가 없었다.

라벤나가 수년 동안 이에 굳건히 서 있다. 40
폴렌타의[1] 독수리는 이 위에 알을 품고
체르비아가[2] 날개와 발톱으로 이를 덮는다.

일 년 이상 포위된 도시가 죽은 프랑스인들의[3]
붉은 피의 산으로 세워져 다시 한 번 더
초록 발톱들[4] 아래 들어간 걸 발견했다.

베루치오의 두 불독, 늙은 것과 새 것[5]

---

1 폴렌타 가문의 문장 상징이 독수리.
2 아드리아 해의 도시, 라벤나의 남쪽.
3 단테에게 말하는 혼은 프랑스 군(1281-83)에 대항한 포르리 방어.
4 오르델라피 가문의 문장은 초록 사자.
5 부자지간, 말라테스타와 말라테스티노.

그들은 몬타냐에 그토록 무자비해서[1]
그들 이빨을 아직 그들 하던 대로 쓴다.

흰 우리의[2] 사자 새끼가 그의 발을
라모네와 산테르노의[3] 도시들에 얹고   50
계절에[4] 따라 양쪽 발을 바꾼다.

잔물결 이는 사비오 강 옆의 그 도시는
바로 그 저 지대의 산 사이에 낀 것처럼
독재와 해방 사이에서 산다.

이제 내가 청하니 누군지 말해다오.
나보다 더 이상의 무언이 없기를,
세상이 견디는 한 너의 명성이 떨치길."

그 불꽃이 다소 자신의 길 안에서 배회를
하고 난 뒤 그 끝에서 옆에서 옆으로
움직이더니 마침내 숨을 내쉬었다.   60

---

1 리미니의 기벨린 군주 몬타냐는 말라테스타에게 수감되고 말라테스티노에게 죽었다.
2 하얀 들판의 푸른 사자.
3 라모네 강의 화엔자, 산테르노 강의 이몰라.
4 때로는 황제당에게 때로는 교황당에게 기울어지는 것.

"만일 내가 누군가에게 한 말들이
세상으로 돌아간다는 걸 믿는다면
내 맘의 불꽃이 더는 움직이지 않으리.

이 지옥에서 누구도 그런 길을 낸 자가
결코 없다고 내 들었으니 치욕의
두려움이 조금도 없이 내가 답하리다.

나는 병사였다가 다음엔 프란시스코 수사여서
그 허리띠로 충분히 바로잡길[1] 소망하며
내 양심이 꽤 맑아질 뻔했으니

지옥에서 썩을 그 대제사장만[2] 없었다면!
나를 먼저 죄 속에 완전히 되던져 넣은
그 이유와 방식이 무언지 네게 말하고 싶다.

내가 모친이 주신 육신과 피로 살아 있는
동안 그때는 사자와 같지 않고, 오히려
내가 행한 모든 일들이 여우와 같았다.

---

1 체세나.
2 화자는 귀도 다 몬테펠트로(약 1220-98). 로마냐 황제당 지도자.

매번 비열한 술수와 계략마다 내가 하라는
대로 이루어져서 내가 지닌 그런 기술이
세상 멀리 명성으로 울려 퍼졌다.

인생 무대에서 마침내 자신이 얻은 걸
모두가 보았을 그리 좋아했던 그 항해를   80
더 낮추어야 했을 그 한때

그런 농간질에 지쳐서
회개했고 고백했고 들어갔다.[1] 그런데
오, 난 비열한 자다! 그리했어야 되었다.

현대 바리새인들의[2] 지배자가
라테란[3] 근처에서 전투에 종사했는데
사라센도 아니고 유대인들과도 아닌

그의 모든 적이 기독교인들이었으니

---

1 귀도 다 몬테펠트로(1220-98). 로마냐의 기벨린 지도자.
2 교황 보니파스 8세.
3 로마 자체. 라테란 궁은 교황의 주거지. 교황의 언쟁이 콜로나 가문과 했는데, 그가 그의 선임자 셀레스틴 5세와 보니파스의 선거를 시인하지 않았다고.

그들 중 어느 누구도 성지[1]를 포위하거나
술탄 땅[2]에서 장사를 하지 않았는데   90

내 맘의 맹세들과 그 공직을 남용했으니
그 사제직 직분과 내 허리끈이 한동안
이를 착용한 자들을 선하고 마르게[3] 했다.

콘스탄틴이 교황 실베스타를 소라테에서
내려오라 불러 나병 치료를[4] 한 것처럼
이자가 나를 그의 주인으로 택하여

그의 오만한 열병을 내가 치료하게 했다.
그가 나의 충고를 청해서 난 침묵했으니
그의 말들이 황당하고 야만스러워서다.

그가 고집하길 '편안하게 생각해라.   100
난 너를 이제 사면하니 내게 충고해라.

---

1 성지. 신성한 땅. 1291년 사라센에게 넘어갔다.
2 애굽. 교회는 회교국과 무역을 금했다.
3 프란시스코 수사들의 허리끈은 청빈과 금욕의 표시.
4 전설에 의하면 로마황제 콘스탄틴의 나병을 교황 실베스터 1세가 치료했다고 한다.

팔레스트리나를 먼지 속에 둘 방법을.[1]

네가 아는 천국 문들을 잠그고 그 문들을[2]
열 수 있는 열쇠 두 개를 쥐고 있는데
선임자들은 그렇게 다루지를[3] 않았다.'

이런 묵직한 논쟁에 영향 받은 내가 말보단
가치 있는 결점인 침묵으로 생각해 말하길
'신부님, 당신은 나의 충고 때문에 그 죄를

사했는데 이는 내가 범할 죄인 겁니다.
커다란 약속들 최소한도만 지키면   110
신성한 자리에서[4] 당신이 승리할 겁니다.'

내가 죽었을 때 프란시스가 와서 천국에
데려가려는데 검은 천사들 중 하나가 울부짖길
'그를 데려가지 마십시오! 불공평합니다.

---

1 보니파스는 로마에 가까운 팔레스트리나의 그들 요새에서 콜로나스를 포위하고 있었다.
2 마16:19. "내가 하늘왕국 열쇠를 네게 줄 것이다."
3 교황직을 양도한 교황 셀레스틴 5세를 빈정댐.
4 보니파스는 콜로나스에게 사면을 약속하고, 그들이 항복하자 팔레스트리나를 멸망시켰다.

내 아래서 징역 사는 일이 그 남자 운명입니다.
그가 해준 상담이 사기였기에 그때부터
내 눈은 그에게 가 있었습니다.

회개 없인 사면이 없습니다.
누구든 죄를 짓는 동안 회개할 수 없는데
명백한 모순이기 때문입니다.'   120

오, 내게 이리 지독하다니! 그가 날 낚아챘을 때
내 위치를 깨달았으니 그가 말하길
'아마 넌 내가 엄한 논법자인지 몰랐을 거다!'

그가 날 잡아 미노스에게로 미노스가 꼬리를
여덟 번[1] 꼬아 그의 비늘 가득한 등에 두르고
그가 때리는 듯 분노해 선언하였다.

'또 다른 그 죄수는 성직 매매한 벌을 위해!'
네가 보는 대로 나를 잃은 이유로서
이상한 성장[2]을 하고 쓰디쓴 속을 걷는다."

---

1 지옥5곡 4-12.
2 화염 속에 갇혀 불꽃인 그 자신의 괴로운 형벌. 다른 자라고 칭한 것은 그가 사기를 치게 이끈 보니파스 8세가 성직 모독죄로 거꾸로 박혀 발바닥이 불타는 벌을 받으리란 암시.

그가 자신의 말을 완전히 다 하였을 때 130
비참한 화염이 떠나면서 슬퍼하는데
여전히 뾰족한 뿔을 꿈틀대며 몸부림친다.

우리도 떠나며 그 등성이를 따라
둥근 호를 그린 곳에 이르니 거기도
죄수들이 값을 치르는 구덩이 위인데

그들이 뿌린[1] 왜곡의 모든 종자들이 있었다.

---

1 여덟째 원의 아홉째 구덩이.

28곡

중부 제8지옥, 9 '중상모략 죄'

종교와 정치를 왜곡했던 자들이 절단당하는 징벌의 지옥. 마호멧이 대표. 믿음의 한 조상인 유일신교를 기독교와 회교로 분리한 죄. 기독교는 아브라함의 정실 사라의 후손들, 회교는 아브라함 아내 사라의 여종 하갈의 후손들. 회교는 일부일처 기독교 근본 위배. 앞의 권모술수 죄도 악하지만, 근본을 나눈 중상모략 죄가 더 무겁다는 단테의 성서 기반 지적에 유의.

끊임없이 글을 써서 운과 운율에 제아무리
뛰어날지라도 지금 내가 보는 이 모든 피의
상처들을 누가 기술할 수 있을까?

모든 혀마다 의심할 바 없이 실패하리니
말들과 기억을 함께 합치더라도
이를 납득할 소망이 전혀 없다.

우리가 모여 다시 합할 수 있다면
한때 지상을 휩쓴 전투를 벌인
아킬라[1], 트로이[2], 그들 모두

피를 흘려 애통했던 그 긴 전쟁에서   10
반지들의[3] 무덤으로 정점에 달했던
리비[4]가 말한 대로 잘못하지 않고

무거운 타격에 고통받은 모든 자들
로버트 귀스카르드와[5] 그들이 종사해
뼈로 싸서 올린 다른 모든 자들.

체르프라노에서 번갈아 아플리아 인들과
그 신용을[6] 깨고 타글리아코조에선

---

1 아킬라는 한때 전 유럽을 야만스런 피로 물들였던 훈족 대장.
2 아이네이아스와 동료들이 트로이에서 피난 나와 긴 항해 끝에 이탈리아에서 로마를 세운다.
3 두 번째 포에니 전쟁((219-202 B.C.)과 칸나이의 전투. 카르타고 군대가 죽은 로마인들 손에서 반지를 세 부대나 모았다는 소문.
4 로마의 역사가(59 B.C.-17 A.D.).
5 11세기의 노르만 침략자.
6 이 배신은 1266년 베네벤토에서 만프레드 왕을 참패하게 함.

늙은 아랄도가 싸우지 않고 이겨서[1]

몇몇은 상처 난 사지를, 몇몇은 절단된
사지를 보이는데 어떻게 이 불결한   20
아홉째 구덩이로 왔는가에 주목하기를.

난 절대로 몸통이 숨소리로 뚫리지 않고
쩍 갈라진 걸 본 적이 없는데 하나를 보니
턱에서 오른쪽 엉덩이까지 찢어졌다.

다리 사이로 창자들이 밖으로 나와
내장들이 보이는데 그 더러운 주머니는
우리가 삼키면 배설물로 변하는 거다.

내가 이 광경에 열중한 동안
손으로 가슴을 열어 찢으며 말하길
"봐라, 어떻게 나 자신을 뜯어 당기는가!   30

---

1 아랄도는 1268년에 자신이 전쟁에 참여하지 않고, 승리하게 책략 꾸며, 앙주의 찰스에 의해 만프레드의 조카 콘라딘이 패하게 함.

봐라, 마호멧이 어떻게 쳐부수는가를!¹
알리는² 앞서 걸으며 울고
얼굴이 갈라져 열려 턱에서 머리 위까지.

네가 보는 여기 모든 다른 혼들은
살아 있는 동안 알력과 중상을 뿌려서
이런 방식으로 찢기고 있다.

숨은 마귀가 거기 뒤에서 우리 상처를
계속 칼로 내려쳐서 새롭게 하는데
오합지졸을 포함한 모든 혼들에게

매번 우린 이 고통의 길을 돌면서   40
마귀와 대면할 때마다 벌어진 우리 상처가
다시 아물어 고쳐지기 때문이다.

거기 서서 짝을 맞춘 너희는 누구냐?
너희가 고백하고 마주할 고통을
연기하려고 수를 쓰는 거냐?"

---

1 중세에 마호멧은 기독교 분리주의자로 간주.
2 마호멧의 사위로 계승자. 그가 이슬람 분리주의자를 대표.

스승이 말하길 "죽음이 아직 오지 않아서
그 죄도 이 사람을 고문하지는 못한다.
그가 모든 걸 경험해야 하니까.

나는 죽은 자인데 그의 지도자로서
지옥을 통하며 원에서 원으로 안내한다.   50
내가 여기 선 것처럼 이는 사실이다."

백 명의 혼들이 나를 보려고 멈추어
이 말을 듣고 놀라서 서는데
그들의 고뇌를 일단 잊을 정도였다.

"조만간 태양을 볼, 네가 프라 돌치노에게
노바레 인들에게 승리를 가져올
식량이나 눈이 그를 막을지라도

내게 매우 빨리 오길 원치 않는다면
그 자신을 제공하라고 말해라.
그렇지 않으면 승리하긴[1] 어려울 거다."   60

---

1 돌치노 토르니엘리인데 이단종파 지도자. 1307년 화형.

발 하난 공중에 딛고 마음은 반쪽을 갖고
가면서 마호멧이 그런 말들을 했다.
그리고 그가 놓인 그 땅을 떠났다.

또 다른 자가, 목이 반은 잘려 넓게 벌리고
코는 오른쪽 위 눈썹까지 잘려
겨우 귀 하나가 머리 위에 남은 자가

놀라워하며 우리에게 왔는데
여전한 다른 자들처럼 그 갈라진 숨통을
먼저 깨끗이 하려고 붉은 피를 온통 쏟아내며

말하길 "너희 중 하나가 저주받은 데에 선 것 70
같진 않은데 거짓이 아니라면 아마도
전에 한번은 라틴 당에서 너를 보았다.

난 피엘 다 메디치나[1]. 만일 네가 언제나
재방문해서 멋진 장소인 베르첼리에서
마르카보에 있는 등성이를 돌아간다면

---

1 습관처럼 두 가문의 불화를 위한 왜곡에 힘썼다고 알려짐.

나를 기억해다오.[1] 파노의 최고인 두 사람
귀도와 안지오렐로에게 전해라.
여기 우리 분명한 예언이 헛된 게 아니라면

그들 무게로 떨어져 바다에 가라앉을 건데
카토릴카 근처 가까이서 과부하로서   80
무자비한 독재와 그의 배신[2] 때문이다.

해신이 결코 그런 범죄를 증언하진 않으니
사이프러스와 마요르카 섬들 사이에 현재
해적들도 고대의 그리스인들도 보지 못했다.

외눈박이 배신자[3]가 그 도시에서는
여기에 있는 나처럼 결코 본 일이 없는[4]
권력을 맘껏 휘두르길 원해서

그들이 함께 만나 대화를 할 터인데
그리하면 포카라의 바람과

---

1 저주받은 자의 땅에 있음을 기억해주길 근심한다는 일종의 역설.
2 이자는 1312년 리미니 군주 말라테스티노 기사단에게 죄지었다.
3 리미니의 말라테스티노.
4 그의 죄는 음모 술수의 저주.

기후를 막을 기도가 필요 없어질 거다."¹ 90

내 말하길 "이를 설명하고 그를 지적해라.
원하면 위에서 네 소식을 퍼트리리라.
리미니의 풍경을 증오하는 그 남자를."

그가 손을 그 동료의 뺨에 얹고 그의
턱을 찢어내며 외쳤다.
"이자가 그 친구다! 그는 말하지 않는다!

이 남잔 망명하여 시저의 모든 노여움을
누그러트리려 애썼다. '선한 남자들이 늦으면
오직 나쁜 고통을 받을 준비만 한다.'"²

오, 얼마나 기겁하게 황당한지, 그 모습이! 100
혀가 목까지 잘린 큐리오라니, 그는
항상 그렇게 말할 준비가 되었었는데!

---

1 이탈리아 아드리아 해안 포카라 갑(곶)은 이름난 위험 기상. 그들 배가 침몰한다는 저주.
2 큐리오는 로마인, B.C. 49년 시저로 하여금 루비콘 강을 건너게 모략, 시민전쟁 일으킨 장본인. 그 때문에 훌륭한 시저가 몇 년 뒤 암살당했다는 단테의 속 깊은 역사의식 전개.

양손을 묶인 자 그들 둘 다
남은 부분을 들어 올리니 어둠 속에서
더러운 얼굴처럼 피를 뚝뚝 흘리며

울부짖길 "모스카도, 기억하라. 그 역시 말한
결과로서니! '일단 한 일은 한 거다.'
투스칸이 이런 악한 씨를[1] 뿌렸기 때문이다."

난 덧붙여 "네 모든 족속에게 심은 죽음이다!"[2]
이런 말들에서 고통에 고통을 쌓으며   110
근심에 미친 자처럼 그가 가버렸다.

난 그 군중을 응시하러 머물다가
누군가 뭐라고 말해주는 도움이 없으면
정말 감히 말하기 힘든 걸 보았는데

지금 양심이 나를 격려하지 않으면
그 선한 동료가 성실한 가슴 방패 아래서

---

1 그가 1215년에 피렌체에서 교황당, 황제당 사이의 증오를 일으킨 부온델모테 데 부온델몬티를 죽일 음모 꾸밈. 피렌체 타락 시작.
2 그런 그의 음모 술수로 가문이 1258년 피렌체에서 추방.

남자들을 대담하게 하리라.

내가 정말로 봐서 여전히 보이는데
머리 없는 몸통이 그 무리 안에서
다른 자들과 다 함께 따라 움직인다.   120

절단된 머리가 머리칼째 한 손에
들려서 마치 등잔처럼 흔들리며 오는데
그 머리가 우릴 보더니 절망으로 신음한다.

그 자신이 그의 머리로 등불을 만들어서
그건 둘이면서 하나고 하나면서 둘이다.
어째서인가는 오직 그런 명을 내린 그만 안다.

이가 바로 우리 있는 아래로 왔을 때
이게 팔과 머릴 둘 다 들어 올려서
할 말들을 더 가까이 하게 하였다.

이런 말들이니 "지금 기겁할 고통을 보는 너,   130
아직 숨 쉬는 너는 모든 죽은 자를 방문한다.
말해라! 내 것보다 더한 고통이 또 있느냐?

그럼 나에게서 몇 가지 소식을 얻으리니, 내가
그 남자 베르트랑 드 본임을 알아야 하는데
그 젊은 왕을 배신하게 몰아서

앉아 있는 부친과 그 아들이 불화해[1]
아히토펠이 그의 못된 말들로[2] 다윗과
압살롬에게 나쁘게 한 일 못지않았다.

왜냐하면 난 분열된 사람들과 이처럼
내 머릴 들고 여기 함께 있으니 이는 내 140
생명을 갈라놓은 그 몸통에서 아!

그래서 이처럼 들고 다니는 벌이 알맞다."

---

1 유명 방랑 시인 베르트랑 드 본이 영국 헨리 2세의 아들 헨리를 음모 술수로서 부친에게 반역하게 했던 형벌을 받는 중이다.
2 유다의 부패한 사제, 아히토펠이 압살롬에게 행한 음모 술수 죄. 압살롬이 부친 다윗 왕을 반역하게 이끈 참극의 결과 참조(삼하15-18).

29곡

중부 제8지옥, 10 '위조 죄'

　단테가 음모 술수 죄로 벌 받는 지옥을 떠나기 힘든 이유를 버질이 알고, 관심 돌리라며 재촉. 여덟째 지옥 열 번째 구덩이로 간다. 거긴 마치 세상 모든 위조, 위장꾼들이 모인 형벌의 종합병원 같다고 조롱. 금속위조 연금술사들은 나병으로, 사람을 위장한 분장 죄는 광견병으로, 화폐나 동전 위조자들은 전신 수종으로, 언어 모방자인 논문 위조자들은 화상의 열기로써 벌을 받는다. 위조란 낭비를 위한 탐닉이라는 질타. 단순하나 신곡 전체를 흐르는 내밀한 의도. 위조란 인간 본성에 숨은 죄의 씨앗으로 부유한 자들이 더 부유해지려고 머리 쓰는 탐욕.

　그런 군중들의 그런 끔찍한 상처들이라니!
　내 눈이 강한 힘에 밀려 그냥 거기 머물러
　서서 울고 있는 걸 발견했는데

　버질이 말하길 "왜 바라보고 서 있느냐?
　왜 시선을 길게 끌며 한심하게

절단된 혼들 사이에서 어정대느냐?

다른 데선 이렇게 하지 않았는데
네가 이들을 셀 수 있다고 생각하면
이 골짝이 22마일은 될 거다.

지금 달이 벌써 우리 발아래[1] 있어서　　　　　　　　10
우리에게 정해진 시간이 많지 않은데 저기엔
아직 본 것보다 볼 게 더 많이 남았다."

"당신이 안다면" 내 곧바로 답하길
"내가 계속 보길 원한 이유는 아마도
머물려고 하시는 건가 생각해섭니다."

내 지도자가 잠시 앞서서 그냥 가기에
그를 따라가며 계속 말해서
내 속에 뜻한 바를 설명했는데

"내가 만난 한 영이 같은 가문이라

---

[1] 자정 무렵이란 뜻. 북반구에선 정오쯤.

거기서 그들이 그렇게 심하게   20
지불하는 죄에 대한 후회 때문입니다."

그가 말하길 "이제부턴 그에 대한
생각을 자제해라, 더 중요한 일들 때문이니
그 죄수들 있는 데 그가 머물게 해라.

그가 널 지적한 걸 봤다, 우리가 섰던 다리
아래 구멍에서 손가락으로 위협했고
그에게 들으니 게리 델 벨로[1]라고 불렀다.

그때 너의 눈이 그 혼에게 그리 못 박혔는데,
호테호르테의 통치자가 가버리기까지
그런 식으로 바라본 일이 없었다."   30

"오, 선한 분이여! 그가 난폭하게 죽었는데
지금껏 보복하지 못했습니다." 내가 답하길
"그게 그의 수치와 피를 나눈 누구든

---

1 단테 부친의 사촌.

경멸하게 한 이유라서 내게도 한마디
없이 떠난 거란 생각입니다. 이게
더 측은한 마음이¹ 듭니다."

다음 골짜기가 보이는 데로 말하며 왔는데
지옥의 가장 낮은 부분들이라 빛이 없는
음침한 지역들이라 할 수 있다.

우리가 걷기를 마쳤을 때 그 악의   40
겹겹들 중 마지막 은둔처이니 그 위에 서서
그 모든 동포들을² 식별할 수 있었기에

마치 화살촉처럼 강렬하게 찌르는 슬픔이
강타해 동정심의 가시에 찔려
두 손을 올려 귀를 철썩 덮었다.

그러한 고통들이 마치 발 디 키아나의 모든
종합 병동들에서 여름날에 사르디니아와

---

1   피렌체에서 시작해서 이탈리아를 휩쓴 가문의 복수라는 악습에 반기 든다. 단테가 버질의 입을 통해서 이를 통렬히 비난.
2   은둔처란 낱말로 기독교를 향한 야유. 당대 기독 사회 고위층들이 몰두한 연금술이 숨겨진 사악한 사기죄라고.

지옥 29곡   327

마렘마의 늪지에다 그들의 모든 질병 원인들을[1]

다 함께 그냥 한 구덩이에 던져서
거기 있는 듯, 그런 사지들에서　　　　　　　　　　50
썩는 궤양에서 생겨난 악취와 같았다.

우리 오른쪽 아래 마지막 등성이 길을
가로지르며 왼쪽을 지키며 걷다가
마침 내 시선이 닿은 델 보니

거기 아래가 최상의 주인 손으로 지은
심판이 틀리지 않도록 벌을 주는 데로서
악에 등록했던 위조꾼들 구덩이다.

그들이 더 슬픈 광경이라 생각 않는 건,
진저리나는 에이기나 인구처럼 그들의
환경이 그리도 오염되어　　　　　　　　　　　60

모든 생물 심지어 작은 벌레조차

---

1 위조하는 죄는 시신들의 늪처럼 사회 부패 촉진시킨다는 힐난.

죽어야만 했던 그 고대 종족을 시인들이
그리 격하게 다시 지지해 만든 듯이

지금도 개미 같은 종자들이 음침한
골짝을 따라서 우리가 보았던 자들보다도
훨씬 더 영들의 괴로움이 다양해져

더러는 창자들 위에 더러는 등 위에다
그 밖의 다른 자들은 그 더러운 것들을
자신들이 끌면서 암울한 길을 가고 있어서다.

우리가 소리 내지 않고 계속 걸어가며   70
그런 아픈 자들을 보며 들으니 땅바닥에서
육신을 들어 올릴 수 없는 자들이었다.

각기 다른 반대쪽을 보며 기대어 앉았던 둘이
마치 팬을 달구고자 두 개를 합친 듯이
그 둘이 다 머리에서 발까지 옴에 뒤덮였다.

일찍이 그런 빗질을 절대 본 적이 없으니

머리빗이 인내심 없는 주인을 위해 바쁜데
한 번은 느리고 한 번은 서둘러 움직여서

그들 둘이 그렇게 긁고 긁는 게 보이며
자신의 손톱들로 그걸 긁는데 맹렬한					80
가려움을 감하려고 분개한 듯 끝없이 긁는다.

그들 손톱으로 그들을 덮은 옴딱지를
벗기는데 마치 칼로 잉어 비늘 벗기듯이
큰 비늘을 가진 다른 물고기처럼 벗긴다.

"오, 자신들 손톱으로 껍질 벗기는 너희여!"
내 지도자가 그들 중 하날 택해 말하니
"때로는 그걸 집게발로 돌려쓰는 자들아,

우리에게 말해라. 혹시 라틴어 쓰는 자[1]가 너희
무리에 있는가를. 그럼 껍질 까는 손톱이
결코 못할 일을 충분히 하리라."[2]				90

---

1 이탈리아 인.
2 지상 소식을 알려준다는 버질의 유도 심문. 죄의 형벌로 그들 신원을 알 수 없기에, 그들이 궁금할 지상의 소식을 들려준다고 함.

"우리 둘이 당신이 여기서 보는 라틴 사람인데
이렇게 무섭게 손상되었다." 눈물로 답을 하며
"그러나 너희가 누군지 말해다오."

내 지도자가 답하길 "나는 둘레에서 둘레를
돌아서 내려가는데 이 살아 있는 남자에게
지옥 전체를 보여 주어야만 해서다."

그 대답에 두 죄수들이 확 떨어지며
날 보려고 돌아서며 덜덜 떨기를
우연히 이를 흘려서 들은 자들과 같다.

내 주인이 그때 다가와서 내게 말하길   100
"네가 이들에게 원하는 걸 말해라."
내가 묻기 시작한 건 그가 뜻해서다.

"첫 세상인 저 위의 사람들 마음에 네가
흐릿하진 않아도 네 이름이 태양의 공전과
많은 세월이 지나도 살아 있으리니

너의 가문과 정체를 밝혀라. 그 끔찍한
형벌이 그걸 밝히는 장소를
방해하지 못하게 하여라."

"난 아레틴 사람인데." 첫 번째 자[1]가 답했다.
"알베르토 다 시엔나[2]가 날 불태웠다.   110
그렇게 죽어서[3] 여기 온 건 아니다.

실은 농담으로 그에게 이런 말을 한 건데
'나는 공중으로 날아갈 수 있다' 그러자
호기심을 찾는 감각이라고는 전혀 없는 그가

오직 이 기술만 보길 갈망해서 그에게 날개로
다이달로스[4] 같이 낙하하게 했더니 죽어서
아들이라[5] 간주한 자가 나를 불태웠다.

절대 실패하지 않는 미노스가 열 개 중

---

1 그리폴리노 아레쪼는 연금술사, 1277년 사망.
2 시에나의 추기경.
3 산 채로 불탔는데 연금술의 저주.
4 신화에서 공중 날기엔 성공했으나 추락사.
5 알베르토 다 시에나가 총애한 추기경.

마지막 구덩이 속에 던진 건 세상에서
내가 실행한 연금술 때문이다."   120

내가 시인에게 묻길 "거기 어디 시에나
사람들만큼 경박한 친구들이 있습니까? 오랜
기록상의 프랑스 인은 확실히 아닐 테고!"

이런 내 말을 들은 다른 문둥병자가
대답하길 "이 모두에 예외들이 있는데
스티리카[1]로서 검소하게 사는 기술을 알며

니콜로[2]는 사람들에게 처음으로 비싼 정향을
습관상 사용하게 한 사람인데 이런 유행을
순식간에 따라잡는[3] 곳인 도시에서다.

카치아 디 아스키아노[4]의 무리들이   130
포도원과 모든 숲을 망치는 한편

---

1 시에나에서 13세기 중반에 악명 높은 낭비가.
2 니콜로 데이 살림베니는 1311년 여전히 생존.
3 시에나 시. 정향은 수입 향료. 이런 낭비에 고위층을 몰두하게 한 사기꾼들.
4 카치아는 스티리카, 니콜로와 같이 이름난 낭비가.

머들헤드는[1] 그의 총명을 보여주었다.

네가 시에나 인들을 후원한 자가
누군가 알기를 원하면 나를 잘 봐라.
일단 내 용모를 충분히 보면

늙은 카포치노의[2] 혼임을 알리라.
연금술로 금속들을 가짜로 만들었으니
내가 널 기억하면 너도 날 기억하리라.

유인원 본성의 가장 성공한 내 방식을."

---

1 별명으로 낭비 가들의 무리 중 우월.
2 피렌체 인으로 1293년 시에나에서 연금술을 쓴 죄목으로 화형.

30곡

중부 제8지옥, 10 '기만 죄'

단테와 버질이 위장술의 귀재, 자니 스키키 발견. 또한 부친 유혹했던 딸까지. 괴상한 형벌로 몸이 부푼 마스터 아담이란 동전 위조자를 본다. 트로이 인들을 거짓 설득해 목마를 들여서 망하게 한 자도 보고, 또한 요셉 겁탈을 시도했던 애굽 장군 보디발의 아내 등등.

오래전 주노가 분개했을 때
테베의 피에 저항한 세밀레를 통해서
그녀가 연거푸 과시한[1] 시간과 시간에

아타마가 그렇게 미쳐가게 되었으니
그의 아내가 양팔에 어린 아들을 하나씩
품고 지나가는 걸 보았을 때로서

---

1 주노는 자신이 남편 주피터에게 복수. 남편이 세밀레와 불륜 저지르자, 세밀레를 부자연스럽게 죽이고, 그녀 시동생 아타마도 미치게 하는 폭넓은 복수 자행.

그가 울부짖길 "내가 그물을 펼쳐 암사자와
그 어린 새끼 둘을 단번에 잡도록 하자."
그가 긴 손톱들을 잡으려고 뻗쳐

레알쿠스로 알려진 아이는 휘감아   10
바위에 던져서 그 아내가 한 아이와
바다로 뛰어내려 둘 다 가라앉았다.

행운의 여신 바퀴가 트로이의 오만으로 향함은
대담무쌍으로 가득해서 낮아지게 한 거니
그렇게 양쪽 왕과 왕국이 멸망했기에

헤카베는 지금 비참한 죄수인데
폴릭세네가 죽어 누운 걸 보고
그 애통 속에서 살펴보니 또한

폴리도로스도 바닷가에 죽어 있어
그녀가 미쳐 개처럼 컹컹 울부짖으며   20
아직 그녀의 비통을 흩트리지 못한다.[1]

---

1 트로이 패배 후, 트로이 여왕 헤카베는 노예가 돼서 자신의 두 자녀의 죽음을 겪는다.

테베 인들이나 트로이 인들보다 더한
양쪽의 분노를 결코 본 적 없으니 미친 듯이
달리며 사람들의 사지를 짐승을 찢듯 하는데

곁을 지나는 벌거벗은 두 창백한 혼을 보니
달리며 누구든지 물어뜯는 모습이
우리에서 놓여난 수퇘지들 같다.

하나가 카포치오를 잡아 엄니로 그의
목덜미에 박아 그를 질질 끌어다 단단한
땅바닥에 창자들이 문질러지게 했다.   30

그가 떠나자 벌벌 떤 아레틴 인이[1] 내게
말하길 "지옥의 개구쟁이 자니 스키키[2]다.
누구에게나 이렇게 그가 분개한다."

내가 그에게 "오! 그 다른 자가 이빨을
박지 않았더라도 불쾌해하지 말라!
여길 가기 전에 그의 이름을 말하는 걸."

---

1 그리폴리노. 아레쪼의 화학자, 연금술에 종사한 죄. 29곡 109절에 언급.
2 피렌체 인(1280년경)으로 부오소 도나티로 가장, 거짓 유언. 단지 암말 한 마리를 상속받고자.

그가 답하길 "그건 저주받은 고대의
미르하의 혼으로 부친을 사랑했던 자인데
용서할 수[1] 없는 방식을 써서다.

그 죄수가 죄를 진 방식은 그녀가   40
자신을 다른 모습으로 취한 거였다.
거기 가는 다른 자가[2] 이를 취한 자다.

모든 무리가 갈망한 여왕을 얻고자
부오소 도나티라고 그녀를 믿게 하여
정당한 듯 꾸민 말들로 뜻을 이루었다."

여전히 분노한 그 둘이 지나갔을 때
내 눈을 못 박게 한 자가 있기에
그 불구의 혼들에게선 돌아섰다.

류트 같은 모양의 혼을 보았는데
인간에게 있는 그 목에서부터
둘로 짧게 나누어져 있어서다.   50

---

1 신화의 미르하는 자신을 다른 여자로 가장해 부친을 유혹.
2 딸의 유혹에 넘어간 부친.

묵직한 부종이 줄어들지 않는 액체들로
관절들이 뒤죽박죽 혼동을 일으켜서
얼굴과 배가 대응하지[1] 못하는데

두 입술도 강제로 흩어지게 해서
폐병 환자처럼 목마름으로 마르게 하여
하난 턱까지, 하난 위로 뒤로 돌아갔다.

"오! 아무 벌도 받지 않은 듯 보이는 너희들,
냉혹한 이 세계에서 무사한 이유를 모르겠다."
그가 말하길 "자, 여길 보고 이렇듯   60

마스터 아담의[2] 심장이 멎는 고통을 봐라.
살아서 나는 원하는 것마다 늘 가졌는데
지금의 난 물 한 방울을 열망한다.

초록 언덕들의 작은 냇물들은 카센티노에서[3]
떨어져 아르노 강으로 흘러가는

---

1 부종은 머리 쪽 살들은 줄어들게 하는 반면 배는 부어오르게 한다.
2 금속 주조로 1281년 산 채로 화형.
3 투스카니 지역으로 아르노 계곡 상류.

그 지류로서, 항상 맑고 시원한데

내 마음에 늘 있어 공허한 게 아니나
그런 상이 맘에 드리워 질병이 내 얼굴을
여위는 것보다 훨씬 더 심하게 만든다.

나를 고문하는 건 엄중한 정의의 행사니　　　　　　70
내가 죄를 범한 지역에서 도망보다
더 빠르게 한숨짓는 데로 오게 한 거다.

거긴 로메나[1], 내가 동전을 주조한 데로서
세례 요한의[2] 상을 새겼는데 거기가
내 육신을 남긴 곳이니 불태워졌다.

알렉산더의 혼을 볼 수 있는
여기서 벌 받으며 귀도나 그들 형제들
혼테 브란다를[3] 향한 시선을 뗄 수가 없다.

---

1 카센티노의 성.
2 피렌체 금화는 도시 후원자, 세례 요한의 모습이 새겨짐.
3 귀도 다 로메나와 형제인 알렉산드로, 아기놀포가 마스터 아담에게 피렌체 금화 위조 설득. 피렌체, 시에나, 두 유명 도시가 위조 금화 만들기에 몰두한 사실 질타.

벌써[1] 하나는 여기 있어서 혼들이 이런
분노로 둘레를 달린다면 믿어질 거다.   80
누구 관절들이 뛰건[2] 무슨 상관이냐?

그런 큰 속도를 내가 여전히 부여받으면
난 벌써 그 길 위에 있었으니까
백 년마다 한 자씩 한 자씩 갈 텐데

비틀린 군중들 속에서 그를 찾으려면
무엇보다도 구덩이 둘레가 11마일이고
가장자리는 반 마일을 더해야 한다.

내 여기 이런 자들과 있음은 그들 잘못인데
그들이 그런 불순물을 섞어 플로린을[3] 만들라고
날 때리며 설득한 자들이기 때문이다."   90

내가 묻길 "이런 궁지 속의 저 둘은 누구요,
겨울에 젖은 손의 온기가 김을 내듯 하면서

---

1 귀도 다 로메나, 1292년 사망
2 부어오른 몸통의 무게 비유.
3 당시의 화폐 명칭.

거기 당신 오른쪽 가까이에 누운 자들은?"

"여기 와서 그들을 발견했는데" 그가
"그들이 그 후 움직이지 않아서
그들이 영원히 움직이지 않을 거라 믿소.

누워 있는 하나는 그리스 인[1] 트로이의 시논,
다른 하난 요셉을 불법으로[2] 유혹한 여인.
그들의 맹렬한 분노가 그들을 김나게 한다."

그중 하나가 아마 새파랗게 보이는 건   100
그렇게 나쁘게 이름을 말해서인 듯
아담의 팽팽한 배 위에 일격을 가했다.

그 타격이 한 대 친 북처럼 울려서
마스터 아담이 그의 얼굴을 때리니
아주 딱딱한 그의 팔로 그리고

---

1 시논이 그 양쪽을 변화시켰다고 가장, 실은 트로이 인들에게 그 목마를 비밀리에 무장한 그리스 병사들로 채워서 들여가게 설득.
2 보디발 아내가 요셉이 그녀를 겁탈하려 했다는 거짓 기소로 요셉 투옥(창39:7-20).

그에게 말하길 "비록 내 몸이 움직일
능력을 이 무거운 무게로 잃었지만
팔이 필요하면 올릴 정도로 자유롭다."

이에 그가 답하길 "너를 태우러 갔을 때
네 두 팔을 묶지 않았다. 팔들이 편하고 110
자유로울 때 주조를 계속하였기에."

그 부종 든 자가 답하길 "지금 네가 한 말이
사실이나 네가 진실한 증인이 아닌 건
트로이의 진실을 질문 받았을 때다."

"내가 거짓이면 물론 네 주조도 가짜다."
시논이 말하길 "난 여기서 오직 한 가지 죄다
지옥에서 넌 어느 마귀보다 더 많은 죄다!"

"위증자야, 그 목마를 마음에 새겨라!" 부푼
배를 가진 자가 그에게 그렇게 답하며
"지금 전 세계가 이를 아니까[1] 황당할 거다!" 120

---

1 목마 사건은 버질이 『아에네이드』에서 상세히 취급.

"네가 목마르길," 그리스인이 말하니 "환자인
네 혀가 엉망이니 그 불결한 물들이 너의
배를 팽창해서 네 시야를[1] 막는 동안이다!"

주조자가 "네 입이 열 때문에 늘 그리하듯
터져서 조각나 버리길!
내가 부풀기 때문에 갈증 나면

너는 머리 골치로 열이 나니
나르키소스의 거울을[2] 접어서 네가 가지면
그리도 힘들어 할 필요 없으리라."

내가 지나치게 이 둘에게 집중할 때   130
내 주인이 말하길 "그리 계속 바라보다간
우리 둘 사이도 또한 충돌하겠구나!"

그가 화를 내며 한 말을 들었을 때
그를 향해 돌아서며 그리도 부끄러워서
그게 지금도 내 기억에 붙어 다닌다.

---

1 아담은 반듯이 누워 있다.
2 물. 신화의 나르키소스처럼 그 몰골 보면 좋겠다는 조롱.

마치 누군가 악몽에 시달린 사람처럼
꿈꾸며, 그게 꿈이길 바라듯이. 그런데
그런 일이 정말 생긴 사람처럼

그게 바로 나였다. 한마디도 할 수 없어
내 자신을 용서해주기 바랐는데 정말   140
용서를 받았다고는 생각지 않는다.

내 주인이 말하길 "조그만 수치심이
너의 더한 잘못도 씻을 수 있으니
무슨 죄의식은 버려라.

항상 기억해라. 기회가 다시 너를 한곳에
데려가서 이런 말다툼이 또 생길지라도
내가 여전히 있단 사실을.

이런 걸 듣는 게 기본이다."

31곡

하부 제9지옥 '배신 죄'

　두 여행자가 가는 길에서 나팔 소리 들림. 주위를 살피니 많은 탑들이 멀리 보임. 탑이 아닌 거인들이 올림피아 신들에게 반역한 벌을 받는다고 버질 해명. 그들이 지옥 마지막 원의 호수를 벽처럼 둘러서 있다. 첫 거인이 성서의 님로드, "주님 전의 위대한 사냥꾼"이라며 나팔 분 자. 버질이 그에게 몇 마디 비난과 조롱, 여러 거인 중, 올림피아 신들 반역에 가담하지 않은 안타에우스에게 코키투스 호수 위로 데려다 주길 요청. 배신 지옥의 첫 구역 카이나는 피붙이를 죽인 자들의 지옥.

　똑같은 혀가 상처를 주는데 처음엔 한쪽
　뺨을 붉히면 다른 쪽 뺨도 붉히게 한
　약 처방을[1] 그때 내가 확실히 받았다.

　내가 들은 건 아킬레스의 창이
　전엔 그 아비의 것인데 그가 지닌 후에

1　악한 호기심을 질책하는 수치심, 선한 호기심을 향한 하늘의 무한한 응원과 격려의 깨달음.

처음엔 번민을 주었으나 다음엔 그를 고쳤다.[1]

그 비참한 구덩이에서[2] 우리 등을 휘돌려
둘린 그 둑 위를 계속 가며
더 이상 대화를 않고 가로질렀다.

이땐 밤이 아니고 동틀 녘도 분명 아니라   10
앞을 아주 조금만 볼 수 있었는데
그때 아주 큰 나팔 소리가 들리길

청천벽력을 내는 번개 같아서
소리가 나는 데를 찾아 두리번거리다
한 지점에 내 두 눈이 꽂혔다.

샬레마뉴가 팔라딘의 모든 거룩한
무리를 잃었던 비참한 패배를 부른
롤란드 나팔에서[3] 온 충격이 외려 덜할 지경.

---

1 아킬레스의 녹슨 창은 창에 오염된 상처들을 치료할 수 있다.
2 여덟째 원의 마지막인 열 번째 구덩이.
3 샬레마뉴 군대가 778년에 스페인에서 철수할 때 배후 보병 부대가 롤란드 지휘 아래 있다가 론세스발레에서 소탕. 샬레마뉴가 8마일 떨어진 롤란드에게 불었던 나팔 소리로 도움 요청.

오래지 않아 내 눈에는 그렇게 보인 듯한
여러 높은 탑의 그 음울함을 뚫으며
내가 묻길 "주인님, 여긴 어떤 도십니까?"

그가 답하길 "네가 곧 볼 터이니 지금 네 눈을
그늘들에서 좀 떨어진 어딘가에 두면
그건 네가 상상한 속임수, 장난 같은 거다.

일단 거기 가면 그땐 잘 보여서 무슨
거리에서 네가 속았는가 알 거다.
그 지식이 널 재촉하게 길을 계속 가자."

그가 부드럽게 내 손을 잡으며
말하길 "우리가 좀 더 가기 전에
네가 너무 놀라지 않기 위해 알려주마.

그 탑들을 전혀 모를 뿐 아니라
요새를 거인들이[1] 두르고 있다는 걸.
그들은 배꼽 위까지 그 중앙 우물에 묻혀 있단다."

---

1 창6:4-5의 언급한 거인들을 희랍 신화의 거인과 배치. 올림푸스 산에 폭동을 일으켰으나, 올림피아 신들, 특히 제우스의 천둥 반격으로 실패. 신을 배신한 죄.

안개가 흩어지기 시작할 때처럼
조금씩 안개 낀 공기가 우리 시야에서
감춘 무언가가 감각을 잡아가듯

그렇게 그 암울한 분위기를 통하며
그 가장자리로[1] 가까이 가며 주의하다가
내 잘못이 헛것처럼 공포에 사로잡혔다.

왜냐하면 벽의 원을 에워싼 건 바로   40
위에는 둑이 우물을 둘러싼 것처럼
문테리기오니 왕관처럼 탑들로[2] 둘러싼

거인들의 탑이 반은 보이나 반은 아래 숨어도
그리 커서 아주 두려운데 그나마 아직은
제우스가 하늘 밖에서 천둥으로 위협한다.

벌써 한 거인의 얼굴을 볼 수 있었다.
그의 두 어깨 가슴 배의 큰 부분을
두 팔이 걸린 높은 양쪽 겨드랑이도.

---

1 지옥의 가장 낮은 원의 둘레를 두른 난간들.
2 시에나에는 열네 개의 높은 탑이 요새를 성벽처럼 둘러 서 있다.

자연이 이들 피조물과 마르스로부터[1] 괴기한
이런 앞잡이들을 떠나게 하고 이런 다른   50
피조물 만들기를 포기한 건 잘한 일이다.

비록 자연이 아직 고래와 코끼리를 계속
지을지라도 누군가 민감히 고려하면
이는 물론 좋은 충고로서 판가름 나리라.

한 감각 있는 남자의 이성이 있는 데가[2]
악한 의지와 그런 막강한 힘이 결합하면
인류는 적절한 방지책이 없어진다.

얼굴은 모든 면이 길고 둥글어 베드로
성당[3] 근처 거대한 소나무 원뿔꼴
몸은 모두 동등한 큰 뼈대로 보였다.   60

정말로 둑이 휘장처럼 그를 둘러서서
허리까지 내려와 그렇게 위로만 보이는데

---

1 로마의 전쟁 신.
2 머리.
3 단테 시대엔 지어지지 않았던 오래전의 베드로 성당, 큰 청동 소나무 원뿔 통은 여전히 바티칸 박물관에 보관.

세 명의 후리스랜델스[1]가 그의 머리까지

닿는다고 자랑할지라도 헛된 소릴 테니
그 허리띠 매는[2] 데만도 적어도
서른 뼘은 잴 수 있어 보여서다.

"라펠 마이 아메흐 자비 알미"[3]
이런 게 그 괴수 입에서 나온 말들인데
부드러운 시편에도 맞는 말이 없다.

내 지도자가 그에게 "주절대는 바보야! 70
네 뿔을 찔러 거기로 분노나 열정이
너를 자극하는 감정을 배출해라!

네 목둘레에 단단히 조인 끈을 찾으리니
어리석고 황당한 피조물아, 좀 느껴보아라!
거대한 가슴을 가로질러 줄처럼 놓인 걸."

---

1 당시엔 네덜란드 남자들이 장신으로 유명.
2 허리.
3 창세기 시대 거인, 말을 못하는 징벌로 중얼댄다는 뜻.

버질이 계속 "자신이 선 듯이 뵈는 자가
님로드, 그 악한 개념으로 유일한 언어가
세계를[1] 더는 지배하지 못하게 한 자다.

그에게서 떠나라, 쓸데없이 그와 말하지 말고.
모든 다른 언어들이 그에게 있었는데   80
그걸 다른 데다 써서 누구도 이해를 못 한다."

왼쪽으로 돌아서 우린 계속 가서 격발식의
활 화살이 닿을 거리까지 갔는데 보니까
또 다른 거인이 더 흉포하고 크기도 컸다.

그의 주인이 누구든 간에 그를 묶은 걸
말할 순 없는데 그의 왼팔을 앞으로
그의 오른팔은 뒤로 해서

양쪽 다 쇠줄로 단단히 동여매서 목 아래까지
잡아 묶은 걸 볼 수 있는데 다섯 번이나
충분히 둘러서 그를 동여 묶었다.   90

---

[1] 그가 바벨탑을 지어 하늘에 닿겠다고 주도, 하나님께서 세상에 언어혼란으로 그 일을 못하게 하심. 그 결과 지상에 저마다 다른 언어들이 생김(창11:1-9). 신성 모독 불경죄.

"막강한 제우스에게 그의 힘을 겨루기를
자행했던 오만한 거인인데" 내 안내자가
계속 말하는데 "이게 그 보상이다.

그는 에피알테스. 그의 시도가 강해서
신들이 거인들 때문에 공포에 잡혔을 때
그때 움직인 그 팔들이 영원히 묶여 있다."

내가 답하길 "호기심이 생겨 가능하면
내 눈으로 무엇보다도 하나만 보고
싶은데 거대한 브리아레우입니다."

그가 답하길 "안타에우스가 그 하나니까   100
곧 그를 찾을 거니 말해도 자유로운 자다.[1]
그가 모든 죄의 중심에 우리를 데려갈 거다.

네가 보길 원하는 그는 훨씬 더 가야 있고
그는 묶여서 에피알테스와 똑같이 섰으며
단지 그 얼굴이 훨씬 악의가 있어 보인다."

---

[1] 안타에우스는 차꼬가 풀렸는데, 이유는 그가 신들에게 대항하는 반역에 가담하지 않아서다.

일찍이 어떤 지진도 그런 큰 진동이 없었으니
갑자기 탑 하나가 흔들리기 시작하는데
에피알테스인데 듣고, 충격을 받아서다.

오, 그때 죽을 듯 겁에 질려서
공포심이 그리도 커서 그가 쇠줄에   110
단단히 묶인 걸 보지 못한 듯 떨렸다.

그렇지만 우린 계속 앞으로 가서
안타에우스에게로 갔는데 그 바위 위로
다섯 엘이나[1] 솟아올라서 머리는 볼 수 없었다.

"오, 너는 한때 숙명의 속세에서
스키피오가 그런 영광을 상속 받은 데서
한니발과 모든 군대가 꼬릴[2] 돌릴 때

네 먹이로[3] 천 마리 사자를 잡은 자니
만일 네 형제들과 네가 동행했다면 그날의

---

1 길이의 척도. 1엘은 45인치(약 56m).
2 북아프리카에서 B.C. 202년 로마 장군 스키피오가 자마 전투에서 결정적으로 한니발에게 패함.
3 숫자는 과장일 수도. 그러나 사자들이 그의 일상 식사였다.

위대한 전쟁에서 그 지상의 아들들이 승리를   120

했으리라고 아직도 몇몇은 믿게 하는 자여,
너의 아래인 얼음에 갇힌 코키투스가[1]
있는 곳에 내려놓기를 무시하지 말라.

티타이우스 타이폰, 더 다른 자에게 청하랴?
이 남잔 여기서 네가 주린 걸 다 줄 수 있으니
그렇게 입술을 오그리지 말고 바로 펴라.

그가 세상의 새 명성을 너에게 보답할 텐데
그가 살아 있기 때문이고 그의 시간 전에
은혜가 소환하지 않는다면 장수할 테니까."

내 주인이 그리 말하니 그 다른 자가 순간에   130
수그려서 내 지도자를 그 손아귀에 잡는데
한 번 헤라클레스를 그리도 단단히[2] 쥐었던 거다.

---

1 지하 세계의 강들 중의 하나, 얼음 덮인 호수로 퍼져 있다.
2 헤라클레스가 안타에우스와 레슬링 할 때 그를 내던질 때마다 전보다 더 강해지는 걸 발견. 안타에우스가 지상에서 태어나 땅에서 힘을 끌어왔기 때문. 이를 안 헤라클레스가 그의 머리 위로 안타에우스를 들어 올려 승리.

버질이 그런 그의 손가락들을 느끼자 말하길
"이리 와라. 내가 너를 잡기로 하자."
그래서 우리 둘이 한 짐이 되었다.

그 길인 가리센다[1]에서 보니 아래로
가장자리에 이게 기대어 구름에 덮이면
이게 흔들리는 것처럼 보여

안타에우스가 아래로 기울일 때 본 건데
그는 존중하며 서 있었다. 그 순간에   140
다른 방식을 더 내가 좋아했을지 모른다.

그가 우릴 부드럽게 그 지옥에 내리니
루시퍼와 유다가 급하게 잡힌 곳이다[2]
그가 오래 엎드리지 않고 곧장

다시 쭉 폈는데 마치 배의 마스트 같다.

---

1 볼로냐의 기울어진 탑.
2 지옥의 가장 낮은 부분. 죄수들이 얼음에 갇혀 꼼짝 못 함.

32곡

하부 제9지옥,
'1 혈연 배신(카이나), 2 조국 배신(안테노라) 죄'

 지옥의 가장 낮은 원인 아홉째를 기술하는 어려움 호소. 코키투스의 얼어붙은 호수 중심, 네 군데로. 네 가지 배신 죄로 분류. 카이나가 첫째인데 혈연을 배신하여 살해한 자들이 속해 있다. 무참한 지옥. 단테의 거친 태도, 음울한 익살. 혼들이 이름 밝히지 않으나 서로 다른 자들 이름을 빨리 불러 대서, 그 배신의 속성에 대한 해학. 익명 요구하는 그들에게 위의 세상으로 돌아가면, 그 진상들을 그대로 보고한다는 약속으로 골탕 먹임.

 모든 바위들이 집중한 그 암울한
 구덩일 알맞은 운율로 거친 소릴 내며
 좌우하는 나의 주제가 더욱 단단히

 잡힌다면 더 훌륭한 운율로 쥐어짤 수
 있을 텐데 아무도 오지 않는 이런 곳에

내가 최초로 대담하게 서 있는 거라고.

이는 아무나 노는 5월 축제가 아니고
온 우주의 가장 깊은 곳의 소릴 내야 하며
아직 '엄마 아빠'하는 혀를 위한 일도 아니다.

오직 지금 그런 유식한 숙녀들이[1] 돕기를　　　　　　10
한때 테베[2] 성벽을 쌓도록 암피온을 도왔던
그 방식과 내용이 다르지 않게 도와주길.

오, 잘못 태어난 종자들이여! 이 깊은 아래서
그리 말하기 어렵게 하니 차라리 너희가
염소나 양들로[3] 나오는 게 훨씬 좋았으련만!

우리가 서서 그 검은 우물로 내려간
그 거인의 발아래는 너무 너무 낮아서
내 여전히 그 높은 벽 만[4] 응시하는데

1　시의 여신들.
2　신화에서 암피온은 그가 가진 칠현금 소리로써 테베 성벽을 쌓도록 산에서 돌들이 굴러 내리게 마력을 발휘했다.
3　가축은 죄로 인한 책임과 형벌 없으니 짐승만도 못하단 조롱.
4　지옥의 가장 낮은 부분을 둘러싼 난간.

내게 들리길 "네가 어떻게 갈지 잘 봐라!
아주 조심해라! 그 고뇌의 슬픈 형제들   20
머리를 밟지 않도록 주의를 해라!"

돌아서 앞을 보니 거기 발아래에
위가 얼어붙은 호수인데 물로
보이지 않고 유리 같았다.

오스트리아 다뉴브는 절대 베일을 벗지 않아
겨울 동안 모습이 깊이 있고
돈 강도 차가운 북쪽 겨울 동안 그리한다.

이 얼음장은 탐베르니크가 그 위에 부딪거나
피에트라파나도[1] 그리하듯 그 가장자리가
그리 많이 삐걱대진 않을 듯하다.   30

마치 개구리들이 주둥일 물 밖에 내놓고
개골거리듯 농촌 소녀가 무슨 이삭을
주울지 가끔 꿈꾸는 그 시절처럼[2]

---

1 탐부라(탐베르닉)와 피에트라파나 산은 아푸안 알프스에 속한, 투스칸 지방 북서쪽.
2 초여름.

그리도 생생히 그들의 수치를 보이는 얼굴까지
잠겨서 황새들의[1] 계절처럼 그들이 이를 가는
얼음 속에서 혼들이 고통을 받는다.

모두 아래를 보는 얼굴인데 그들의 눈은
그들 속의 슬픔을 울음으로 나타내면서
밖의 추위를 증언하듯이 덜덜 떨린다.

잠깐 주위를 둘러본 후에 잘 살피니   40
아주 가까이 들러붙은 둘이 보였는데
그들의 머리칼이 서로 엮여 있었다.

내가 묻길 "그런 강한 포옹으로 갇힌
너희들은 누구냐?" 그들이 목을 뒤로 해서
둘 다 내 얼굴을 쳐다보려 할 때

그들 눈에 겨우 들어 있던 촉촉한 습기가
속눈썹을 타고 쏟아져 그 추위에 얼어붙어
다시 눈썹에 붙어버리기까지 흘러내렸다.

---

1 황새들이 부리를 비빌 때 내는 소리.

어떤 쥠쇠도 두 기둥을 붙이지 못할 만큼
탄탄히 둘이 붙어서 그들이 붙은 데서   50
두 곤봉 염소마냥 미쳐갔다.

영원한 겨울 속의 또 다른 자가 양쪽 귀가
없는 얼굴로 내려다보다 말하길
"왜 너희는 거울[1] 보듯 우릴 응시하느냐?"

함께하는 이 둘이 누군지 알고 싶으냐?
비센치오 골짜기가 그들 거였고,
알베르토 다음이 그들 부친이었다.[2]

그들은 한 모친에서 태어나, 네가 본 대로
카이나 속에 어떤 그늘도 찾지 못할
젤라틴처럼 붙었다는 게 더 맞을 듯하다.   60

아더의 손에[3] 일격으로 가슴을 관통 당한

---

1 단테의 응시가 그들 의중을 살펴 그들 행위가 거울처럼 비친다는 비유
2 나폴레옹과 알레산드로는 알베르토 데글리 말베르티의 두 아들, 상속과 정치상 이유로 논쟁하다 1286년 서로를 죽였다고.
3 몰드레드가 삼촌인 아더 왕에 거역해 대들다 죽었는데 몸을 찌른 창이 커서 혼조차 구멍 났다며, 삼촌과 조카의 혈연 다툼, 질타.

혼조차도 포카치아조차도[1] 그자들처럼
여기에 있진 않으며

그 머리가 그런 식이라 전체를 볼 수 없는
사쏠로 마체르로니가[2] 이름이니까
투스칸 인이라면 그를 알 거다.

다른 말할 필요 없이 내 이름을
말하니 카미치오네 데 파치다.[3]
카를리노가[4] 올 때는 그리 나쁘진 않으리라."

천 명의 얼굴들이 그런 모든 차가움 속에서도   70
창백하고 푸른 걸 보니까 내가 떨려서
지금도 얼음 같은 풀장을 보듯 떨린다.

우린 계속 아래 중심을 향해 내려가니
모든 무게와 비통이 한 점에 모여 영원히

---

1 피스토이아 시민이 사촌을 배신해 죽이고, 소동을 일으켜 피렌체 시에 도와 달라 청했다. 이로써 피렌체에서 교황당을 백당과 흑당 사이로 갈라놓으며 지독한 증오심을 일으켰다.
2 피렌체 인, 상속 문제로 친척 살해.
3 투스칸 인, 친척 살해.
4 카를리노 데 파치는 카미치오네의 친척, 뇌물 받고서 소유했던 백당 위한 성을 흑당 손에 넘김.

지독히 차가운 혼들 속에 떠는 곳이라

의도인지, 운명인지, 우연인지
모르나 그 모든 머리들 중에서
한 얼굴을 내 발로 걷어찼다.

그가 울면서 불평 터트리며 외치길
"너 여기서 몬테페르티에[1] 대한 모든 복수에   80
덧붙이는 게 아니라면 왜 날 밟느냐?"

내 말하길 "여기 좀 머물게 해 주세요, 주인님.
그에 관한 의구심을 풀기까지 그 다음엔
서둘러 훨씬 더 빨리 가겠습니다."

내 지도자가 멈추고 내가 걷어찬 그 자에게
묻는데 그는 그동안에도 계속 저주를 퍼부었다.
"지금 그처럼 신음으로 으르렁대는 넌 누구냐?"

"지금 안테노라를[2] 통해 가려면서 우리 뺨을

---

1 투스칸 황제당이 1260년 전쟁 시, 피렌체 교황당 패배시킴.
2 아홉째 원, 둘째 지역, 국가 배신한 자들의 구역, 명칭은 트로이 사람 안테놀. 트로이를 배신하고 그리스로 돌아선 자임.

걷어찬 넌 누구냐?" 반대로 그가 물었다.
"그게 나는 살아 있어 고통스럽지[1] 않다!" 90

내가 말하니 "지금 난 살아 있다. 네가 명성을
바라면 고마워할 방법을 아니까 앉아 있는
너의 이름과 다른 자들의 이름을 대라."

그가 내게 "그 반대를 원하니까 갈 데로 가라.
모든 말썽을 일으키다 멈춘 여기에서
너의 아첨이 이 구덩이에선 요지부동이니!"

내가 그 추레한 목덜미를 부여잡고 말하길
"네 이름 대는 건, 아주 중요해. 네 머리에
머리칼이 한 올이라도 남기를 바라면!"

그가 겨우 답하길 "날 대머릴 만들지라도 100
절대 이름은 대지 않을 테니 벗겨내라.
아무리 상처를 내고 잡아당길지라도."

---

1 단테가 그에게 복수한다고 조롱.

그때까지 내 두 손에 둥글게 움켜 있던
머리카락이 벌써 뭉텅이로 뜯겨 나가서
그가 머릴 숙이고 사냥개처럼 으르렁대니까

어떤 누군가 외치길 "보카야,[1] 무슨 일이냐?
넌 그 덜덜거리는 턱만으론 부족해서 개처럼
그리 짖어 대야만 하느냐? 무슨 악한 일이냐?"

"좋다." 내가 말하길 "넌 다시[2] 말할 필요 없다.
너 추악한 배신자여, 지금 내가 진실을 말하리니   110
네가 감추려는 비통과 수치에 대해서다."

"그럼 가서" 그가 말하길 "너 좋을 대로 말해라.
밖으로 나간다면 침묵하지 말고 그쪽의
친구들에 관해서도 빨리 말해라.

그가 여기서 프랑스 은화로 속죄한다고
말할 때가 오면 '두에라'[3]의 그를 보았는데

---

1 보카 데글리 아바티. 몬테페리에서 교황당 패배에 책임진, 배신자.
2 몬타페리의 언급에서 단테가 그 이름을 즉각 인식.
3 부오소 다 두에라는 프랑스에서 뇌물을 받고 1265년 앙주의 찰스 군대가 롬바르디아를 침공 시 자유로이 지나가게 길을 내준 배신자.

그 죄수들이 차갑게 누운 데 있더라.'고

다른 죽은 자들의 질문도 받고 싶으면
네 옆의 바로 거기에 베카리아[1] 있고
피렌체에서 머리를 잃은 레가테도 있다.   120

지아니 데 솔다니에리[2], 내가 맞다면
저기에 가넬론과[3] 테발델로가 같이 있고
화엔자에서 죽음의 밤에[4] 갇힌 자들이다."

우린 벌써 이 혼들을 뒤로하고 가다
한 구멍에 두 사람이 얼어붙은 걸 봤는데
한 머리가 다른 자의 걸 모자처럼 쓰고 있다.

심히 굶주린 사람처럼 그가 다른 자의 머리
꼭대길 그의 이빨로 파고 있는데 바로
머리와 목덜미가 연결된 데다.

---

1 테사우로 데이 베카리아는 황제당과 음모를 짠 혐의로 피렌체에서 추방.
2 피렌체의 황제당원이었다가 1266년 자신의 당을 배신하고 교황당과 연대.
3 모든 배신자들 중에 당시 유명했던 배신자.
4 테발델로 데 잠부라시는 화엔자의 시민인데, 사사로운 원한의 복수로, 1280년 볼로냐 인들에게 도시 문을 열어준 배신의 행위.

고대의 타이데우스마냥 발작을 일으키듯   130
멜라니푸스의 관자놀이를[1] 물어뜯듯 이 혼은
피부, 뼈, 뇌에서 나온 모든 조각을 씹었다.

"오, 너 그런 야수 같은 행위를 보이다니!
네가 먹는 그를 얼마나 증오하는지는 몰라도."
내가 말하니 "이유를 말해라. 우리 약속하자.

네가 악한 피에 대한 좋은 이유를 보이면
은혜에 보답할 테니 내가 위에 있을 때에
네가 누군지, 그가 한 일이 뭔지 일단 알고 싶다.

내가 이런 걸 말하는 한 일축하진[2] 않으마."

---

[1] 타이데우스는 테베에 대든 일곱 명 중 하나, 멜라니푸스에게 치명상을 입어 죽음. 그도 죽자 지옥에서 멜라니푸스의 머릴 뜯어 먹음.
[2] 단테의 약속 언급은 신곡에 있는 한, 그 이야긴 시들지 않는다는 뜻. 악질 죄수들 속성 간파하여 그들 신원 알아내려는 수사법.

33곡

하부 제9지옥, 3 '친지 배신(프톨로메아) 죄'

단테와 버질이 코키투스의 셋째 구역 프톨로메아 진입. 친지들을 배신하고 살해한 징벌. 눈물조차 얼어붙는 혹독한 대가. 혈연과 조국 배신보다 악독하다고. 죄질의 엄밀한 분류로서 성서의 안목에 독자들이 다가 가게 배려하려는 단테의 경지.

그가 야만스런 먹이인 그 죄수[1]에게 입을 떼고
입을 닦는데 아직 먹다 반이 남은
그 죄수 머리의 머리칼로 닦는다.

다음에 시작하길 "너는 내게 가슴속
생각조차 버거운 죽음과 절망을 소생하라.
청하는데 결코 기술하진 말아라.

---

1 우골리노 델라 게랄데스카로 피사 출생. 교황당인데 황제당에게 권력 넘겨 배신. 황제당에게 배신당해 삼대가 탑에서 기아로 몰사.

내 말이 쓰디쓴 열매를 품으니
내가 씹는 이 배신자에 대한 파렴치로
내 비록 울면서라도 이를 말하리라.

난 네가 무슨 일과 무슨 뜻으로 10
여기로 내려온 줄은 모르나 분명한 건
네 말투로 보아 피렌체 출신이란 생각이다.

네가 알아야 할 것은 나는 우골리노이고
이 자는 대주교 루기에리[1]란 말이다.
내가 왜 그에게 가까이 있는가 말하마.

그가 내 온 믿음을 가져가 자신이 놓은 덫에
날 빠트려 죽는 날까지 갇히게 한 거라서
더 이상 말할 필요 없다.

네가 들을 수 없던 걸 지금 들으리니
그건 나의 죽음, 그 단말마의 고통. 20
너는 내가 품은 원한이 올바른 걸 알게 되리라.

---

1 피사의 대주교, 1278-95.

그 작은 틈의 조롱[1]이 지금 나로 인하여
기아의 탑이라 불리고 내 뒤를 이어
다른 자들이 또한 갇힐 데라서

미래의 베일 속 내 꿈이 두 동강 나기 전
나날들의 긴 틈새를 통하는
일별을 하게끔 나를 놓아두기를.

늑대 사냥 대장인 이자가 내 앞에 나타나더니[2]
그 산의 늑대 새끼들이 피사 인들인데
루카 인들이 못하는[3] 걸 하려고 했다.   30

여위고 주린 이 남자가 사냥하라고
그보다 앞서 거기에 구아랜디,
시스몬디와 란프란치[4]를 보냈다.

내게 이 모든 게 즉시 보이는데
부자지간에 지치자 날카로운 독니로

---

1 구아랜디 가문에 속한 탑, 피사의 피아짜 데이 카발리에리에 있음.
2 루기에리, 우골리노의 꿈에서.
3 산 지우리아노 산. 교황당인 루카를 향한 사무친 원망.
4 피사의 강력한 황제당원들.

그들을 공격해서 육신이 찢기는 걸 보았다.

새벽이 오기 전 내가 깼을 때 들으니
나와 함께 갇힌 내 아들들이[1] 우는데
잠을 자면서도 빵 때문에 울부짖는다.

내가 앞서 본 걸 네가 가늠해 눈물을 40
참을 수 없다면 마음을 단단히 잡도록.
오, 네가 지금 울지 못하면 언제 울겠느냐?

그들이 모두 깼는데 시간은 평상시
음식을 가져오던 때가 가까웠다.
우린 놀랐으니, 다 같은 꿈을 꾼 것에.

바로 아래서 탑을 잠근 열쇠 돌아가는 소릴
들었을 그때였다. 내 아이들 얼굴을
말 한마디 없이 바라본 그 순간.

나는 울 수 없어서 안쪽의 돌처럼 굳었다.

---

1 우골리노와 같이 갇힌 그의 아들, 손자들.

그들은 울었고 불쌍한 어린 안젤름이 물었다.   50
'아버지, 왜 그렇게 보이세요? 무서우세요?'

나는 울지도 않고 대꾸도 안 했으니
그날 종일 하고도 그다음 날 밤까지
또 다른 해가 하늘에 뜨기까지.

그 순간 번쩍 우리를 가둔 방식을
깨닫고 내 자신이 보아야만 하는 걸
네 명의 얼굴들도 보는 걸 볼 수 있어서

그만 고뇌로 두 손가락을 물어뜯자
내가 굶주려 그런 줄 알고
즉시 그들이 간신히 일어나 말하길   60

'아버지, 우리를 잡수시면 훨씬 우리 고통이
덜할 겁니다. 당신이 우리에게 이 비참한
육신을 입히셨으니 다시 이를 벗겨주십시오.'

그들이 더 비참하지 않게 스스로 진정했다.

그날, 그리고 다음 날도 아무도 말하지 않았다.
왜 땅이 열려 우릴 삼키지 않았는가!

우리 굶주림이 나흘째에 이르렀을 때
간도가 자신을 내 발 앞에 던져 울면서
'아버지, 왜 내게 아무것도 안 하시죠?'

그러면서 죽었다. 네가 나를 보듯 분명히　　　　　　　　70
다른 셋도 하나씩 스러진 걸 보았는데
다섯째와 여섯째 날 사이니 난 그때

장님이 되어 그들이 죽은 후 이틀간 그들을
부르며 그들 육신을 찾아 더듬거렸으니
기아가[1] 한 짓은 애통도 별수 없단 거다."

그가 이를 말하고 눈알을 굴려 다시
그 불행한 해골을 그의 이빨로 씹으니
뼈다귀를 문 개만큼 야만스럽다.

---

[1] 그가 그들의 시신을 먹었다는 설이 있다.

피사! 불명예의 도시, 참으로 지독한 타격을
네¹라는 말로 하는 친밀한 나라! 너희가   80
이웃의 혹평을 느린 듯이 하면서도

카프라이아를 움직이고 골고나 또한²
아르노 입을 가로지른 댐을 지어 너희
살아 있는 혼들을 다 잠기게 하는구나!

심지어 너희 성들의 배신자라고 하는
우골리노에게 그 자녀들까지 심한 고통에
죽게 한 짓이 과연 올바르냐?

신종 테베 인이여!³ 그들이 비난을 감수하긴
너무 어린데 브리가타 우구치오네와 다른 자들
그 둘은⁴ 벌써 내 노래에 언급했다.   90

---

1 이탈리아는 '예스'를 '시'라고 사용, 로마자를 쓰는 다른 몇몇 나라들과 구별.
2 아르노 강 입구를 벗어나자마자 나오는 두 섬, 아르노는 피사를 통과해 흐른다.
3 고대 테베는 무자비함으로 악명을 떨쳤다.
4 안젤름(50)과 갇도(68절).

우린 계속 가서[1] 그 얼어붙은 구역에
냉혹함을 두른 다른 자들이 있는 데인데
아래가 안 보이나 다들 반듯이 누워 있다.

심한 울음을 울지 못하는 건
그들의 고통으로 그들 눈의 장애를 알면
그 비애를 증대해 속으로 되돌린다.

그들 첫 눈물이 떼를 이루면 얼어붙어서
수정으로 만든 마스크같이
눈썹 아래 움푹한 델 채워버린다.

그 얼음의 땅에선 모든 게   100
피부 경결보다 훨씬 더 딱딱해
얼어붙은 내 얼굴에 아무 감각이 없는데

거기 무슨 바람이 분 걸 느낀 듯해서
내 주인에게 묻길 "이게 무슨 일입니까?

---

1 프톨로메아, 코키투스의 셋째, 손님과 친지 살해한 지옥. 기원전 51-47년 애급 왕 프톨레미, 혹은 여리고 통치자 프톨레미(외경 마카비서16:11-17)이름에서 명칭 사용, 그가 손님들 초대 후 살해한 자.

여긴[1] 무슨 수증기도 없는데 바람이 부는 게 사실인가요?"

그가 답하길 "네가 조만간 곧 발견할 텐데
네 눈으로 답을 알게 될 터이니
바람이 아래서 분 이유를 볼 거다."

그 얼어붙은 껍질[2] 속 죄수들 중 하나가
우리에게 외치길 "오, 그리도 무자비한   110
이 마지막 지역에[3] 지정받은 혼들이여

내 얼굴에서 이 무거운 베일을 걷어내어
내 눈물들이 늘 그러하듯이 얼어붙기 전에
슬픔에 고통받는 심장을 좀 누그러뜨리게 해주오."

"이름을 대라." 내가 말하니 "그게 나의
흥정이다. 난 널 자유롭게 하지 않고
지나서 이 얼음 밑바닥으로 가야 하니까."

---

1 바람이 태양으로 인해 지상에서 수증기를 끌어내는 원인이라고 당시에는 믿었다.
2 이런 자들의 눈은 눈물 얼음에 막혀 있다.
3 유다카는 코키투스의 마지막 넷째 구역.

"알베리고 수사." 그가 즉시 말하길
"악한 과수원에서 자란 열매를 가진 남자.[1]
무화과 대신 대추야자를 돌려받는다."[2]   120

"오, 그럼!" 내가 외쳤다. "벌써 넌 죽었느냐?"[3]
"세상에서 내 육신에 무슨 일이 일어났는지
아무 소식이 없구나." 그가 답했다.

"우리는 프톨로메아에 한 특전을 가졌다.
수많은 혼들이 이 장소로 떨어져 내리는데
아트로포스가 여기 보내기 전과 같다.[4]

네가 나의 얼굴 밖에서 빛나는
눈물들을 잘 긁어내주면
설명할 테다. 난 어떤 영혼보다도

---

1 알베리고 수사가 1285년 형제들과 조카 하나를 연회에 초대. 알베리고가 과일을 청하자, 숨은 암살자들이 손님들 살해.
2 대추야자가 무화과보다 비싸니까 악행에 대한 응징이란 비유.
3 알베리고는 단테의 시대에 여전히 살아 있었다(1300). 그 비열한 악행으로 말미암아 그 성직자가 최악의 지옥에 빠졌다는 풍자.
4 죽기 전. 신화의 아트로포스는 운명의 세 여신 중 하나임. 그녀가 동생들이 자로 잰 길이만큼, 사람들의 생명의 실을 자른다고 함.

그리 빨리 악랄하게 배신해서 한 마귀가   130
그 육신을 사로잡았으니 그의 세상 시간이
끝나기까지 행동 조정을 했어야 할 텐데

한쪽인 그 혼을 이 찬 우물에 빠트린 거다.
세상에선 그 육신이 여전히 보이지만 여기
이 거울 속 뒤에 나의 혼이 있지 않으냐?

그를 알고 싶다면 여기로 바로 내려와야
한다. 그는 브란카 도리아로[1] 지금은
그렇게 잡힌 지[2] 몇 년이 지났다."

"내 생각에" 내가 말하니 "내가 믿길, 너
브란카 도리아가 아직 죽지는 않아서다.   140
그는 먹고 마시고 자며 옷을 입는다."

"미켈레 잔체가 구멍 위에 이르기 전에
갈퀴 달린 자들이 경기하는 데서" 그가 말하길

---

1 장인을 살해한 제노아 사람, 연회에 초대한 후에 살해.
2 얼음에 꽉 얼어붙어서.

"끈적이는 구덩이가 늘 끓는 데서[1]

여기 이 혼이 그 대신 마귀 하나를 그 몸에
남겼는데 친척의 하나로서 그 배신 때
그가 하듯 그를 도운 자다.

이제 네 손을 뻗어 내 눈을 깨끗이 할
시간이다." 그러나 난 그리 하진 않았다.
여기의 공손은 거칠게 구는 거니까.   150

너희 제노아 인들아, 온갖 선한 관습은
완전히 사라지고 온갖 사악이 가득하구나,
왜 세상이 너희를 휩쓸어버리지 아니하냐?

가장 악랄한 로마냐의 모든[2] 혼 중에
제노아 사람[3] 하날 보니 죄가 그리 무거워
그 혼이 코키투스에서 목욕하는데

그 육신은 위에 아직 살아 있는 듯하다.

---

1 여덟째 원의 다섯째 둘레로 관직 매매를 저지른 자들의 지옥.
2 수사 알베리고.
3 브란카 도리아.

34곡

하부 제9지옥, 4 '스승 배신(유다카) 죄'

마지막 최하 지옥 도착. 코키투스에서 가장 낮은 지역, 지구의 제일 깊은 속. 그때는 지구의 중심이 마그마 끓는 곳인 줄 모른 듯. 지구가 온 우주의 중심이니까, 그 깊은 곳이 온 우주의 무게를 진 암흑의 무거운 장소라고 묘사. 버질 말대로 모든 악의 근원을 보며, 지옥에 관한 단테 의문 해소. 악마 대장 루시퍼가 거기 갇혔다는 상상에 독자들 흥미 고조. 이를 유다카로 명해서 유다의 스승 배신이 최악임을 단테가 강조하고 주장.

"지옥 왕의 기수들에게로 가까이[1]
향하기로 하자. 곧장 앞을 보거라."
스승이 말하길 "그를 분간할는지를."

짙은 안개가 둘러싼 때와 같고 밤의 시작이
대기를 두른 외투를 입은 듯하고 먼 데의

---

[1] "지옥 왕의 기수들을 향하여." 6세기 찬송가 첫 구절을 지옥에 빗댄 풍자.

물레방아가 소용돌이 바람을 휘모는 듯한,

적어도 그런 걸 보았다고 생각한다.
그 바람이 겁나서 안내자 뒤로 서서 가는데
거긴 다른 바위나 물러설 안전한 데가 없다.

진정하기 힘들었으니 거기는 어디든   10
모든 죄인들이 얼음에 덮여서 얼음 아래로
짚더미처럼 쌓였음을 분별할 수 있었다.[1]

거기 몇은 누웠고 어떤 자들은 똑바로
서서 머리를 위로 하고 더러는
활처럼 굽혀 얼굴을 발까지 숙였다.

잠시 계속 가다 내 안내자가
이젠 그토록 아름답던 그 창조물을[2]
나에게 보여줄 시간이라고 생각하였다.

---

1 두 여행자가 배신 죄의 가장 깊은 지옥 유다카에 도착. 평생토록 은혜를 입은 은인들을 배신해서 살해, 또는 죽게 이끈 자들의 지옥.
2 사탄(디스, 루시퍼, 벨지붑)은 타락 전에는 천사들 중 가장 아름다웠다고 함.

한쪽에 서서 나를 멈추게 하고 말하길
"디스를 바라보아라! 이 지역을 보라!   20
너의 모든 꿋꿋함을 필요로 하는 데다."

그때 얼마나 떨리며 피가 얼어붙는지!
독자들이여, 묻지 말길! 차마 쓸 수도 없고
이에 대해 말할 어떤 혀도 없는 데니

나는 죽든 살든 어느 쪽도 고통이 없었으니
상상해보라, 당신들이 재치 있다면!
내 입장의 이쪽도 저쪽도 다 앗아 갔다.

그 절망의 제국 황제가 온 사방이 얼음인
가운데 가슴 중간부터 위로 솟아 있다.
나는 이자의 가슴만 한 거인들을 벌써 보아서   30

많은 거인들과 감히 비교할 수 있으니,
지금 그 전체가 무엇과 같았는지를!
그들이 이의 관절만한 크기였으니 상상해 보라!

그가 한때는 그리도 아름다웠다는데
지금은 그리도 추한 것은 창조주를 경멸해서니
그의 비참한 원천에 놀랄 바가 조금도 없다.

그 머리에는 얼굴이 세 개 달려 있는데
전에는 전혀 본 적이 없는 것이다!
앞에 있는 한 개는 밝은 빨강색

다른 두 개가 옆에 하나씩 붙어 있는데   40
그 어깨에서 각기 중간쯤 있어서
세 개가 다 하나의 머리로 합쳐진다.

오른쪽은 희고 노란 반면에
다른 왼쪽은 나일 상류에 사는 자들의[1]
안색을 지녔다.

각 얼굴마다 두 괴상한 날개들이 펼쳐져,
그게 괴이하게 어울리는 새인데 그렇게 너른
바다 항해에서 이런 닻들을 결코 본 적 없다.

---

1 인류 종족 상징, 다른 신들 상징, 또는 증오, 무능, 무지 지적 상징이란 해석.

그 날개는 깃털이 없는 박쥐와 같은 종류인데
그 마귀가 그것들로 때리고 있어서 50
그 타격으로 바람이 세 방향에서 불었다.

이로써 코키투스 호수가 다 얼어붙었다.
그가 울자, 여섯 개 눈에서 세 개의 턱으로
눈물이 떨어져 피의 군침과 섞인다.

각 입마다 갈퀴나 빗 같은 모양 이빨들로
각각 죄수 하나씩을 조각내거나 갈고 있기에
동시에 죄수 세 명이 고통을 받는다.

제일 앞의 죄수는 그렇게 갉아 먹혀서
갉을 게 더는 아무것도 없어 보이고
그의 등이 뼈까지 벗겨진 채 먹힌 게 보였다. 60

"그 위에서 최악의 난자를 당하는 혼이"
내 스승이 말하길 "유다 이스가롯[1], 그의 머린
사탄 입에서 꿈틀대고 다리는 입 밖으로 나왔네."

---

1 영원한 생명을 가르치신 인류의 스승, 자신의 스승을 배신한 자.

다른 둘의 머리가 흔들리며 덜렁대는데
검은 주둥이에 매달린 건 브루투스[1],
한마디도 못하고 몸부림치는 걸 봐라.

다른 자는 카시우스[2], 강하고 커 보인다.
그런데 밤이 오니 지금 가야 할 시간,
우리가 이 모든 걸 다 보았기 때문이다."

그가 이를 말하자마자 나는 단단히 그의 목   70
둘레를 끌어 잡고 그가 시간과 장소를 살펴
그 날개들이 넓게 충분히 펼쳤을 때 떠나서

그 털북숭이 옆구릴 단단히 잡고 천천히
아래로 내려가기 시작해 털들과 털들을 붙잡아
얼음에 덮인 두터운 털들 사이에서 길을 냈다.

사탄의 넓적다리 사이에 이르자
꼽추의 부푼 등처럼 둥글게 웅크리더니[3]

---

1 음모를 꾸며 줄리어스 시저를 살해한 주도자.
2 시저 살해 음모에 동참한 자.
3 엉덩이의 가장 넓은 부분, 몸의 한가운데.

내 지도자가 힘써 힘들게 숨을 쉬고

그의 머릴 사탄의 다리 있던 데로 돌려선
그 털을 잡고 오르는 것처럼 해서 난 우리가   80
다시 지옥으로 되돌아간다고 생각했다.

"지금 꼭 잡아라, 이건 이런 사다리여야만 하니까."
내 스승이 기진해서 헐떡이며 말하길
"이게 그 큰 악에 이별을 고하는 우리 방식이다."

마침내 그가 바위 틈새를 만들어서 나를
가장자리에 쉬도록 내려놓고 다음엔
그자신이 어떻게 가는가를 맘에 두며 자리했다.

눈을 들어 내가 마주한 걸 믿으면서
내가 떠난 루시퍼를 다시 보니까
그 다리가 있고 발이 위에 있는 걸 보았다!   90

내 얼마나 황당하고 고민했는가, 조금
재치가 느린 사람은 상상하리니 그들은

내가 지난 지점이 무언가 모르는 거다.[1]

"일어서자." 스승이 말하니 "서서 진정해라.
이 길은 길고 길이 어려우니 태양이
벌써 테르체[2]를 절반이나 지났다."

우리 있던 데가 궁전 같은 방은 전혀 아니나
자연히 만들어진 단순한 거친 동굴로서
평탄치 않은 바닥에 거의 빛이 없었다.

"비록 이 혼돈 밖으로 나오기 전이지만,   100
스승님." 내가 다시 내 발로 서서 묻길
"여기서 나가기 전에 문제를 풀어 주세요.

그 얼음들은 어디 갔나요? 왜 그는 거꾸로
서 있나요? 어째서 해가 그렇게 빠르게
돌아서 저녁이 아침으로 변합니까?"

그가 답하길 "너는 네가 아직 북반구 중심에

---

[1] 버질과 단테가 지구 중심 통과. 단테의 이런 내밀한 묘사에 주의.
[2] 구교의 낮 기도를 위해 정한 시간. 넷 중 처음의 기도 시간임.

있는 줄 아느냐? 그 저주받은 땅벌레 털을 내가
잡고 그 세계에서 나온 그 구멍들 속에?

네가 아직 거기 있을 때 내가 아래로 오르기
시작한 거기가 바로 모든 데서 온갖 무게를   110
당기는¹ 데로서 우린 거길 그때 지났다.

지금 넌 위대한 마른 땅 위를² 둥글게
덮은³ 정반대 반구의 하늘⁴ 아래에 있다.
그 제로⁵ 아래에서 죄 없이 태어나신

그분께서 사시다 죽음을 당한 곳에서.
너는 작은 둥그런 지역에 서 있는데
여긴 유다카의 다른 얼굴을 형성한다.⁶

여긴 아침이다, 저쪽이 저녁일 때.

---

1 중력의 힘을 일컫는다.
2 북반구의 천계.
3 중세는 북반구에만 전 세계 육지가 있다는 천동설 믿음.
4 남반구의 천계.
5 당시에는 예루살렘이 전 세계의 중심점이라고 믿음.
6 유다카의 다른 지역이란 말은 연옥에 들어섰음을 설명.

그 털을 가진 자는 사다리로 유용하니
그가 전에 그런 것처럼 여전히 확고하다.   120

그가 하늘에서 떨어질 때 여기 떨어졌다.
모든 땅들이 전에는 튀어나와 있었는데
무서워 모두 물속에다 스스로 가리려고

도망을 쳐서 우리 반구까지¹ 이르렀다.
그에게서 도망치다 남긴 땅이 아마도 그 빈
공간이니 넌 여기서² 떠오르는 걸 볼 거다."

거기 저 아래 아주 깊은 땅 아래
벨지붑의 무덤이 닿은 데서부터³
보이는 것만으론 알지 못하나 소리로선 아는

아주 작은 냇물이 똑똑 떨어져 내려   130
침식한 한 바위의 작은 구멍을 통해 느리게

---

1 북반구에서 육지의 기원.
2 정화의 산 또는 연옥 산.
3 악마인 타락 천사가 지구 중심에 갇힌 흉물스런 거대 몸통, 그 하체가 갈라진 데서 단테와 버질이 나온 남반구. 북반구만 믿던 천동설 시대에 단테가 미지의 세계 남반구를 연옥이란 허구 세계로 구상.

경사진 길을 구불구불 낸 길이 있다.

내 안내자와 내가 그 숨은 길을 따른 건
낮의 빛을 보는 곳으로 데려간다기에
힘든 길에서 조금도 멈추지 않고

그가 앞서 기어오르다 마침내
하늘 반구의 영광을 그 둥근 구멍을
통한 틈새로 보이는 데로 왔는데

우리가 다시 보는 별들이다.[1]

---

1 신곡 세 권 모두 마지막에는 '별들'로 마친다.